文春文庫

新・寝台特急《ブルートレイン》殺人事件

西村京太郎

文藝春秋

目次

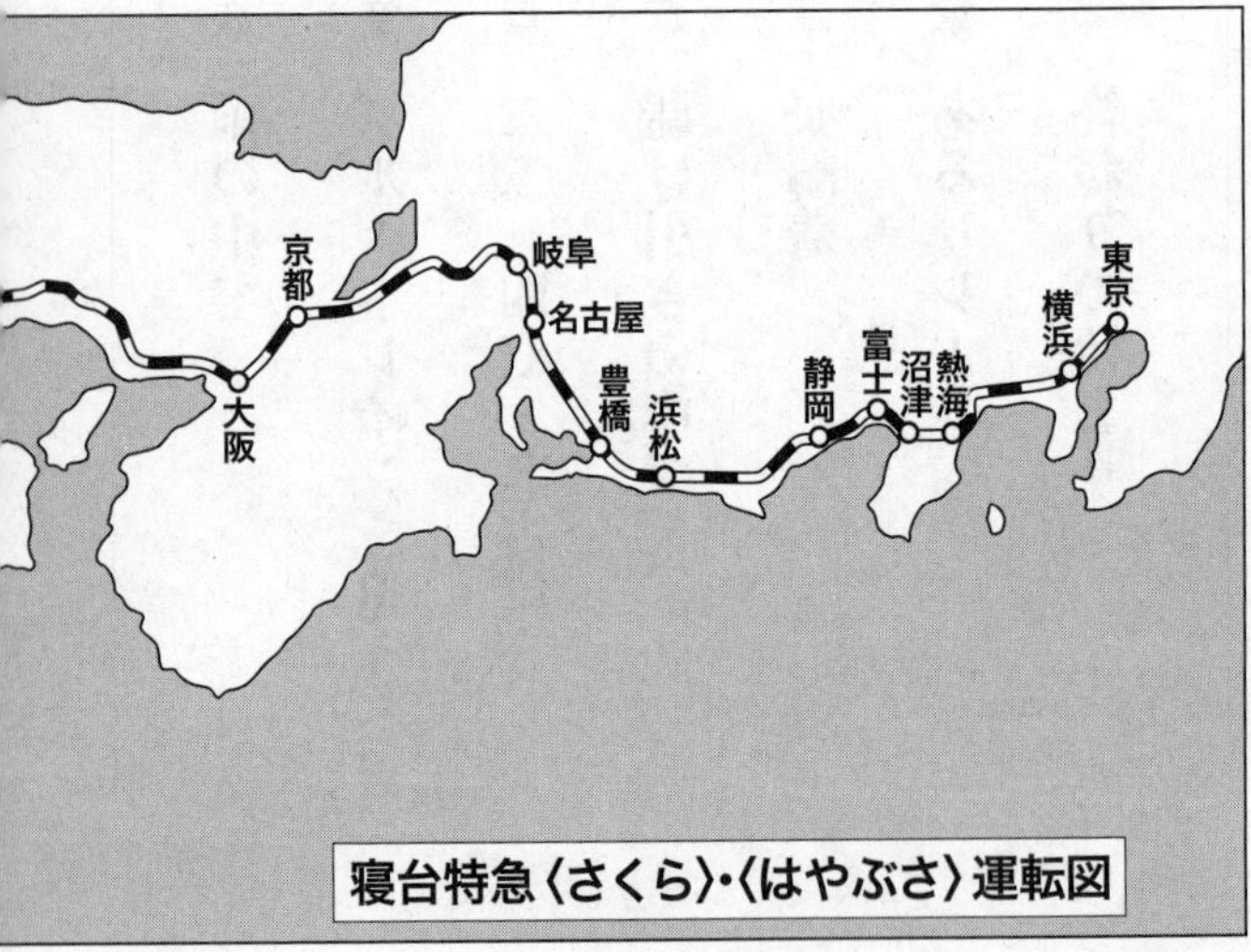

寝台特急〈さくら〉・〈はやぶさ〉運転図

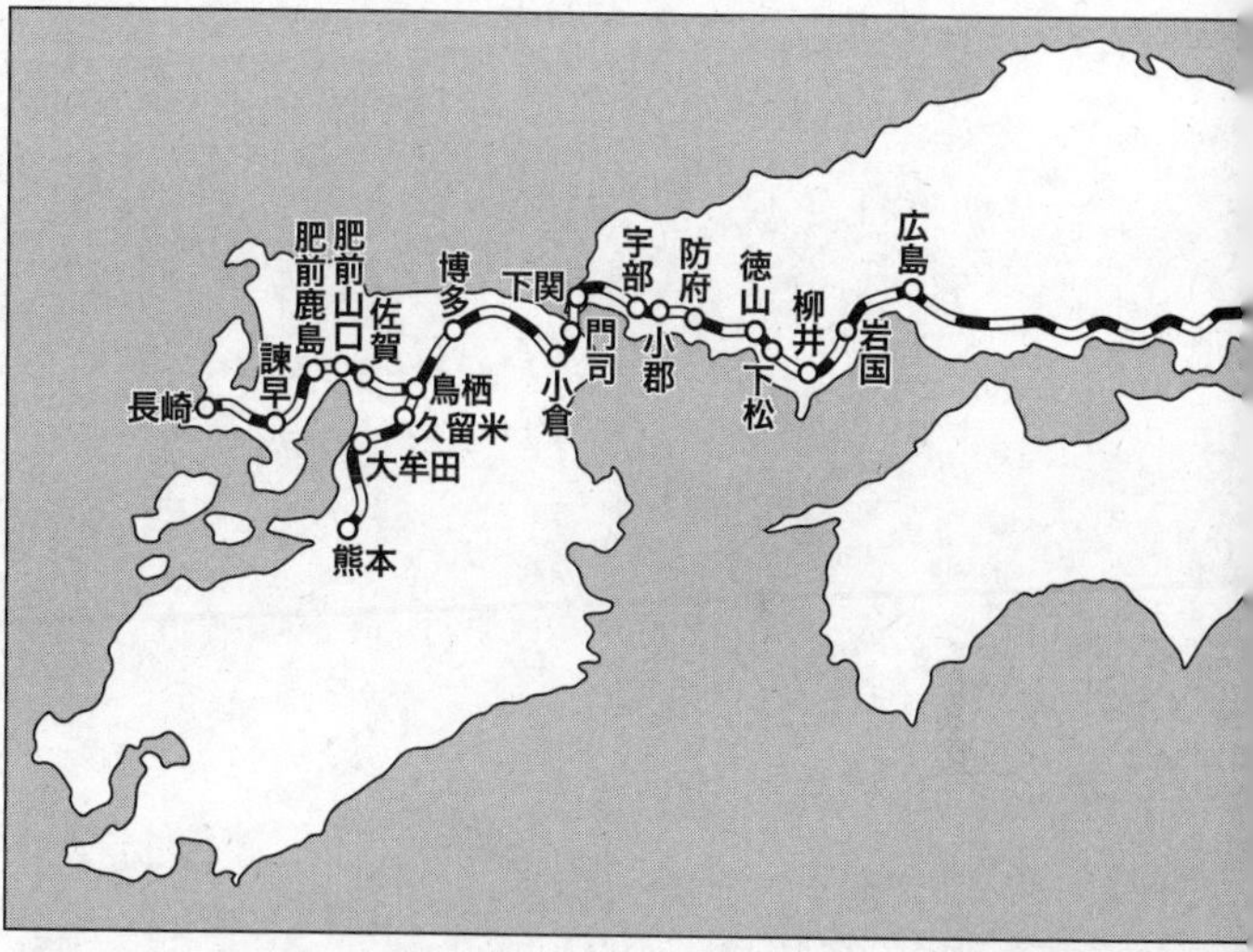

長崎
諫早
肥前鹿島
肥前山口
佐賀
鳥栖
久留米
大牟田
熊本
博多
下関
小倉
門司
宇部
小郡
防府
徳山
下松
柳井
岩国
広島

新・寝台特急《ブルートレイン》殺人事件

第一章　雨の中で

1

小雨が降っている。

真夏にしては、珍しい降り方だった。だから、レストランを出た三人の若者も、駅まで濡れて歩くことにした。

気持ちがいい。

一人が、「仁科《にしな》」と、隣りを歩く友人に声をかけた。

「列車には、間に合うよな?」

ちょっと、心配そうにきいた。

一人だけショルダーバッグを提げた仁科は、腕時計に眼《め》をやって、

「大丈夫。ゆっくり間に合うよ」

「彼女は、向こうで待ってるんだろう?」

もう一人が、きく。

「ああ、京都で落ち合うことになってる」

「すごい美人なんだってな」

「それで、おれたちに隠してるのか。この野郎!」

と、長身の友人は、ふざけて仁科の肩を叩いた。

「あっ」

と、仁科が、小さな声をあげた。

雨に濡れた舗道に足が滑って、たたらを踏み、頭の方から、歩いて来た二人連れの男にぶつかった。

相手が、尻もちをつく。

「すいません!」

と、あわててあやまったが、相手は起き上がると、

「この野郎!」

と、いきなり、殴りかかってきた。

ひと目で、この辺りのチンピラとわかる二人連れだった。

仁科は、殴られて唇が切れ、血が噴き出した。ショルダーバッグが、地面に転がった。

「やめてくださいよ！」

と、友人の一人が、おろおろして、無意味に両手を動かした。

背の高い友人は、責任を感じて、仁科に向かい、

「君は逃げろ！　早く長崎へ行け！」

と、怒鳴った。

チンピラのもう一人が、彼を狙って、ふいにナイフを取り出して、切りかかった。

左腕にナイフが突き刺さり、悲鳴があがる。

それを見て、仁科は、反射的に、男に向かって飛びかかった。男は、何か叫びながら、突き刺したナイフを抜き取って、振り廻す。

仁科は、その腕にしがみついた。

小雨は降り続いている。仁科は、刺されまいとして、必死だった。男の腕にも嚙《か》みついた。

男に、蹴飛《けと》ばされる。殴られる。それでも、ナイフを持つ男の手は離さなかった。

気がついた時、男の身体《からだ》は力を失って、ぐんにゃりしていた。地面に横たわっている男の腹に、ナイフが突き刺さり、眼は大きく見開いたままだ。

けたたましいパトカーのサイレンの音が、聞こえた。

「早く逃げろ！」

と、背の高い友人が、血の噴き出す腕を押さえながら叫ぶ。

「野郎、殺しやがったな！」

もう一人のチンピラが、血走った眼で、仁科を睨《にら》む。

死んだ男の顔に、容赦なく、雨が降り注いでいる。

（冷たそうだな）

仁科は、そんなことを考えた。

「なにをモタモタしてるんだ！　早く逃げろ！　船に乗るのを忘れるな！」

友人が、いらだって、叱りつけた。

パトカーのサイレンが、近づいてくる。

「いいか。てめえを、必ず殺してやるぞ！」

チンピラが、叫んで、逃げ出した。

「早くしろ！」

友人が、いきなり、仁科の顔を殴りつけた。

それで、われに返った仁科が、小声で呟《つぶや》く。

「ごめん」

と、いい、落ちていたショルダーバッグを手につかみ、近くの路地に飛び込んだ。

その直後、二台のパトカーが、到着した。

バラバラと警官が降りてくる。数人の若者がケンカしているという一一〇番で駈《か》けつけたらしく、そこに、死んで動かない男を見つけて、急いで中央指令室に連絡を取った。

「一人死亡、一人重傷を負っています。救急車を手配してください」

「大丈夫か？」

もう一人の警官が、腕から血を流している背の高い男に、声をかけた。

彼は、血の気の失《う》せた顔で、

「早く救急車を呼んでくださいよ」

「まもなく来る。がんばれ」

「止血措置を取れ」

と、年輩の警官がいい、自分の革ベルトを抜き取って、それを相手の腕に巻きつけた。

「君は、大丈夫か？」

三人目の警官が、呆然《ぼうぜん》としている小柄な男に声をかけた。

「ボクは、殴られただけですから」

と、男はいう。なるほど、左眼のあたりが腫《は》れている。

「何があったんだ？」

「ケンカですよ」

と、左腕を怪我した男が、ぶっきらぼうに、いった。

「誰と誰がケンカしたんだ？　死んでいる男は、君が刺したのか？」

「ああ、ボクが刺した。しかし、ナイフを振り廻したのは、その男で、ボクは、夢中でナイフを取り上げようと争っていて、気がついたら、ナイフがそいつに刺さっていたんです」

「その時、君も、腕を刺されたのか？」

「そうです」

「君たち二人が、死んだ男と、ケンカしたのか？」

「向こうは、もう一人いたんですよ。そいつは、パトカーのサイレンの音を聞いて、さっさと逃げてしまいましたがね」

「ケンカの原因は？」

「ひどいもんです。いきなり、肩が触れたといって、殴りかかってくるし、ナイフで切りつけてくるし——」

救急車が、到着した。

2

三十分後。

十津川《とつがわ》警部は、渋谷区幡ヶ谷《はたがや》のK病院にいた。

西本《にしもと》刑事が、状況を説明する。

「死んだのは、SS会の牧田元《まきたはじめ》という二十一歳の男です」

「SS会というのは、どんなグループなんだ？」

「元暴走族の連中が、集まって作っているグループです。人数は、三十人前後といわれています。ケンカの相手は、二人ともサラリーマンで、左手をナイフで刺され、一カ月の重傷と診断されたのが、青木信夫《あおきのぶお》、二十三歳。顔と腹を殴られて、全治五日間というのが、同じ年の中川匡《なかがわただし》で、二人とも、この病院に入院しています」

「同じ会社の人間か？」

「いえ。高校が同じで、今日は久しぶりに会ったんだといっていました。ケンカの原因は、二人で幡ヶ谷駅に向かって歩いていると、駅の方から来た二人連れと、すれ違った。その時、向こうが、肩が触れたと因縁をつけて、いきなり殴りかかってきたというんです。その上、ナイフまで振り廻してきたといっています。青木は、夢中になって、そのナイフを取り上げようとして争っているうちに、相手の腹を刺してしまったといっています」

「青木と中川は、何か運動をやっているのかね？」

「背の高い青木の方は、空手をやってるみたいですが――」

「しかし、ケンカは、慣れていないだろう？」

「そうだと思います――」

「相手は、いきなり因縁をつけてくるし、ナイフも持っているとすると、ケンカ慣れしていると見ていいんじゃないか」

「そうですね。SS会というのは、この幡ヶ谷周辺では、なかなかのものらしいです」

「その相手に、二対二でケンカをして、偶然とはいえ、一人を殺し、一人が逃げてしまったというのは、ちょっとおかしいんじゃないか」

と、十津川はいった。

「その点ですが、現場にはもう一人いたという話があるんです。一一〇番したのは、現場近くのマンションの五階から見ていた主婦なんですが、二人と三人でケンカしていたというんです。ただ、小雨がずっと降り続いていたので、顔も服装も、よくわからなかったそうですが――」

「二対三なら、なんとなく、納得できるな」

と、十津川はいってから、

「それにしても、この待合室は、暑いね」

「もう外来もないので、病室以外の場所は、冷房を切ってあるんだと思いますよ」

と、亀井《かめい》刑事がいった。

「じゃあ、その涼しい病室へ行って、話を聞こうじゃないか」

と、十津川はいった。

青木と中川は、三階の二人部屋に入っていた。

青木は、左手に包帯を巻かれ、中川の方は、顔に包帯を巻かれて、どちらも痛々しかった。

「とんだ災難だったね」

と、十津川が声をかけると、青木は、

「ボクは、正当防衛になるんですか？」

と、きいた。

「それは、何があったかが、はっきりしてから判断されることになる」

「それなら、はっきりしてますよ。向こうが、何の理由もなく、因縁をつけてケンカを吹っかけてきたんだし、ナイフだって、向こうが持ってたんだから」

「実は、君たちは三人で、向こうが二人だったという目撃証言があるんだがね」

と、亀井がいった。

「それは、間違いですよ。雨が降ってたから、よく見えなかったんじゃありませんか」

「雨は、今も降ってるがね。君たちは、三人じゃなかったというんだね？」

「そうですよ」

「会社は違うが、君たち二人は、同じ高校の卒業生らしいね」

十津川がきいた。

「そうです。この近くのS高校です」

「それで、今日は？」

「今日は土曜で、二人とも会社が休みなので、久しぶりに、高校の近くで会わないかということになったんですよ」

と、中川がいった。

「なるほどね。それで、何処へ行ったんです？」

「ちょっと待ってくださいよ。これ、訊問ですか？」

中川が気色《けしき》ばむ。

亀井が、相手を睨んだ。

「君たちは、理由はどうあれ、人間を一人殺してるんだ。訊問するのが当然だろう」

その一言で、二人は、シュンとなってしまった。

「それで、何処で、何をしたんだ？」

「午後三時に会って、S高近くの『ドリアン』という店で食事をして、だべって帰る途中で、ケンカになったんですよ」

と、青木がいった。

「君たちとケンカをしたのは、暴走族あがりで、SS会というグループの男なんだが、逃げた男のことを覚えているかな？」

「年齢は、二十二、三で、スキンヘッドでしたよ。眼が怖かったですよ」

と、中川がいった。

十津川は、西本と日下《くさか》の二人を、「ドリアン」という店にやった。

三十分ほどして、K病院に戻ってくると、

「S高校の近くに、その名前のレストランがありました。雑居ビルの二階で、今はやりのイタリア料理を、安く食べさせます」

と、西本がいった。

「それで、青木と中川の二人は、間違いなく、今日の三時に、その店へ行ってるのか？」

「それなんですが、マスターにきいたところ、今日は土曜で混んでいて、覚えていないというんです」

「覚えていないというのは、どういうことなんだ？」

「青木と中川の二人の顔や服装などを説明してきいたんですが、覚えていないというんです」

「それは、二人が来ていないということなのかね？」

「見た記憶はないが、来なかったと断定はできないということをいっています」

と、日下がいった。

「わからないな。あの二人は、食事について嘘をついているのかね」

十津川は、首をかしげた。

「たぶん、食事を二人でなく、三人で行ったことを知られたくないんでしょう」

と、亀井はいった。

「ケンカの時、三人いたのを知られたくないということか」

「その三人目が、牧田元を殺した本当の犯人じゃありませんかね」

「青木が、その友人の身代わりになろうとしているというのか？　何故だ？」

「それは、わかりませんが」

「あの周辺の食事の店を、すべて調べてみてくれ」

と、十津川はいった。

刑事たちが聞き込みに廻った結果、一つのことがわかった。

小さな商店街である。

刑事たちが問題の店を突き止めるのに、それほど時間はかからなかった。

「香華」という中国料理の店で、午後三時過ぎに、青木たちと思われる三人連れがやって来たという。

西本が報告した。

「この店の店員がいうには、三人は、久しぶりに会ったらしく、とても楽しげに話し合っていたそうです」

「つまり、三人とも、同じS高の卒業生だということかな？」

「だと思います」

「他にわかったことはないのか？」

「その三人の中の一人が、仕事で何処かへ行く様子で、どうやら、その歓送会みたいな感じでもあったと、店員はいっています」

「その友人を、青木と中川は、かばっているのかな？」

十津川は、もう一度、二人に会った。

「君たちが三人で、『香華』という中国料理店で食事していたことは、わかりましたよ。その店の店員が証言しています。この三人目の友人も、今日のケンカに加わったんでしょう？　この友人について話してくれませんか。名前と、今、何処にいるか、教えてくれませんか」

十津川がいうと、青木は、それでも、

「それは、何かの間違いだと思いますよ。ボクたちは、間違いなく二人で食事をしたんだし、ケンカの時も二人だったんですよ」

と、いい張った。

青木は、言葉を続けた。

「あのチンピラを間違って刺してしまったのは、ボクだから、逮捕するなら、ボクを逮捕してください」

と、いう。

中川の方も、主張を変えなかった。

犯行を否認する人間を追及するのは楽だが、自分から犯人だという人間を追及するのは難しかった。

捜査本部が、渋谷警察署に置かれることになった。

鑑識からの報告が、入ってくる。

殺された牧田元に刺さっていたナイフについていた、指紋のことだった。

ナイフの柄には、牧田元本人の指紋の他に、もう一種類、別人の指紋がついていたという。

その指紋を照合したが、青木と中川のものとは一致しなかったという報告だった。

(やはり、もう一人いたのだ)

と、十津川が考えているところへ、捜査四課の中村《なかむら》警部が、会いに来た。

中村は、同期で警視庁に入った友人だった。

「君が、今、捜査している事件に、SS会の連中が関係しているそうだな」

と、中村がいった。

「ああ、SS会の牧田元という男が、殺された事件なんだ」

「SS会のリーダーは、大川原《おおがわら》という男でね。ああいうグループのリーダーにしては、珍しく、大学を出ている。頭のいい男だよ。年齢は、二十七、八かな。そいつが急に、会員に招集をかけた」

「こちらの事件に関係があるのか？」

と、十津川がきいた。

「今のところ、わからないが、この似顔絵が誰かわかるか？」

中村は、ポケットから折った紙片を取り出し、それを広げて、十津川に見せた。

二十代の青年の顔が描かれていて、それに註釈がついている。

〈年齢二十三、四歳。

身長一七三センチ。中肉中背。

白のポロシャツ、ジーンズ、スニーカー。

茶色のショルダーバッグを持っている〉

「誰なんだ？　これは」

と、十津川はきいた。

「君も知らないのか？」

「知るわけがないだろう？　この似顔絵が、どうかしたのか？」

「ＳＳ会の連中が、何枚もこれをコピーして、事件のあった周辺で、見せて廻っているんだ。この男を見なかったかといってね。京王線の幡ヶ谷駅の駅員にも見せているんだ」

と、中村はいった。

「面白いな」

と、十津川はいった。

「心当たりが、本当にないのか？」

「いや。心当たりが出てきたよ」

と、十津川はいった。

3

十津川は、その似顔絵を預かると、それを持って、亀井と二人、もう一度、Ｋ病院へ出かけた。

三階の病室で、青木と中川の二人に会い、似顔絵を見せた。

「この男を知っていますね」

と、十津川はいった。

二人は黙っている。

「君たちと一緒にいた友人というのは、この男じゃないのか？」

と、亀井がきいた。

それでも、二人は黙っている。

「もう一度、青木さんにききますが、殺したのは、この似顔絵の人じゃないんですか？」

と、十津川は、青木にきいた。

「違いますよ。ボクが、殺したんです」

青木が、険しい眼でいった。

「青木さん」

と、十津川は、改まった口調でいった。

「この似顔絵はね、SS会の人間が、配って廻っていたものなんです。SS会は、暴走族あがりが集まった集団で、三十人ぐらいの人間が集まっていて、暴力的なところがあります。彼らが、この似顔絵を配っていたということは、仲間を殺した人間を見つけ出そうとしていることです。見つけ出して、殺すつもりですよ。連中は、仲間を殺した人間を知っているんです。たぶん、逃げた男が、この似顔絵を描いたんだと思いますね。よく考えてください。この似顔絵の男、つまり、君たちの友人が今、警察に自首してくれれば、情状酌量が出来ます。正当防衛が、認められるかもしれない。しかし、逃げ廻って、SS会の人間が見つけ出したら、間違いなく、リンチされますよ。それでいいんですか？　大事な友人を危ない目にあわせていいんですか？」

「――――」

「そんなことにならないために、この友人の名前と、現在、何処にいるかを教えてください」

十津川は、それだけいえば、青木と中川は恐ろしくなり、あわてて問題の友人の名前も、居場所も教えるだろうと思った。

しかし、二人は、顔を見合わせたあと、青木が、

「今はいえません。明日まで待ってください」

と、いった。

十津川は、眉《まゆ》をひそめた。

「なぜ、今、いえないんです？」

「とにかく、明日まで待ってください。明日になったら、話しますから」

青木は、妙に落ち着いたいい方をした。

「なぜ、明日なんだ？」

亀井が、思わず大声を出した。彼も、二人の態度に、いらだったのだろう。

「どうしても、今、いえというのなら、ボクが殺したというしかありません」

青木は、頑固に、いった。

十津川は、説得を諦めざるを得なかった。

帰りのパトカーの中で、十津川は、首をかしげて、

「わからんね。私の話を、あの二人は信じなかったのかな。SS会の話を、嘘だと思ったんじゃないかね？」

「それはないと思います。信じなければ、自分が犯人だと、繰り返すだけだったと思います。青木は、一度、明日になったら話すといったんですから」

と、亀井はいった。

「明日までに、SS会の連中が見つけたら、間違いなく殺される。それがわかってないんじゃないのかね、あの二人には――」

「似顔絵のせいじゃありませんかね」

と、亀井がいった。

「似顔絵？」

「ええ。似顔絵が、全然似てないんじゃありませんかね。だから、二人は安心した――」

「そうか。これなら、友人は安心だと思ったか」

「そうです」

「明日まで待ってくれといったのは、それまでに、本人に連絡して、自首するかどうか、確認するつもりかな」

「そうだと思います」

「しかし、われわれとしては、明日までのんびり待つわけにはいかないんだ」

と、十津川はいった。

捜査本部に戻ると、十津川は、黒板に似顔絵をピンでとめて、じっと見つめた。

亀井は、この似顔絵が、ぜんぜん本人に似ていないので、青木と中川は心配していないのだろうと、いっている。

十津川も、その考えに納得したのだが、不安は消えてくれなかった。

(もし、この似顔絵が、ホンモノによく似ていたら？)

と、思うのだ。

「カメさん、一緒に行ってくれ」

十津川は、似顔絵をまたポケットに入れて、亀井に声をかけた。

「何処へですか？」

「『香華』という中国料理の店だ」

と、十津川はいった。

二人は、パトカーを走らせた。

「『香華』へ行って、何をなさるんですか？」

亀井がきく。

「この店の店員が、青木たちが三人だったと証言しているんだよ。その店員に似顔絵を見せれば、似ているかどうか、わかるんじゃないかと思ってね」

と、十津川はいった。

「香華」に着くと、十津川は、警察手帳を見せ、店員に、似顔絵を見せた。

店員は、苦笑した。

「これ、さっき、見ましたよ」

と、いった。

「SS会の人間に見せられたんですね？」

「そうです。ちょっと怖かったですよ」

「それで、この似顔絵は、あなたの見た客に、よく似ていますか？」

と、十津川はきいた。

「ええ、よく似てますよ」

と、店員はいった。

十津川の表情が、自然と険しくなった。

「ここに、いろいろと書いてありますね。服装とか、ショルダーバッグのこととか。それも合っていますか？」

「ええ。三人連れのお客さんでしたが、この方だけが、ショルダーバッグを持っていらっしゃったのを、よく覚えています」

「SS会の連中には、どういったんです？」

亀井がきいた。

「その似顔絵を見せられて、この男が、仲間二人と来なかったかと、きかれたんです」

「それで、何と答えたんですか？」

「この人ですと、いいましたよ。間違いなく、この人でしたから」

店員の声は、ひっそりしていた。

どうやら、この似顔絵は、ホンモノの特徴を、よくとらえているらしい。

「SS会の連中は、何人で来たんですか？」

「二人です」

「どんな様子でした？」

「なんだかわかりませんが、二人とも、キリキリしてましたよ。裏通りで、ＳＳ会の人が殺されたって聞いたんですが、それであの二人は、キリキリしてたんですかね？」

店員が、ちょっと怯《おび》えたような眼になった。

「ＳＳ会が、また来て、何か脅かすようなことをいったら、連絡してください」

十津川は、店員とオーナーに、捜査本部と、自分の携帯の電話番号を、メモに書いて渡した。

外に出る。

雨はやんで、むし暑さが、ぶり返していた。

「明日は、お盆ですね」

亀井が、短くいった。いかにも、東北の生まれ育ちらしい言葉だった。

「そうか、明日は、お盆か」

と、十津川も肯《うなず》いたが、パトカーに戻ったとたんに顔色が変わった。

車のフロントガラスのワイパーに、例の似顔絵がはさんであったからである。

〈この男を見た人は、０３－××××－××××へ。お礼はします〉

と、マジックで、書き加えてあった。

覆面パトカーだから、パトカーと気づかずに、やったことなのか、それとも、知っていて警察をからかっているのか。

気がつくと、近くの電柱にも、同じ似顔絵が貼りつけてあった。

亀井は、ワイパーの似顔絵を丸めて、捨ててから、

「あきれましたね」

と、吐き捨てるように、いった。

「この辺りは、自分たちの縄張りだという気なんだろう」

「その縄張りの中で起きた事件、それも、自分の仲間が殺された事件は、自分たちで片づけるという気持ちなんでしょうね」

「仲間が殺されて、真犯人に逃げられたんじゃあ、SS会の面子《メンツ》が立たないというわけなんだろうな」

と、十津川はいった。

「どうします？　SS会に、一言注意しておきますか？」

亀井がきく。

「したいが、肝心の人間の名前もわからないからねえ。SS会に、ただ人探しをしているだけだといわれたら、注意することもできないからね」

と、十津川はいった。

二人は、車に乗り込んだ。陽《ひ》は落ちたのに、むっとする暑さだ。

お盆を過ぎると涼しくなるというが、大丈夫だろうか。

「青木と中川の二人は、明日になったら、友人のことを話すといったが、まさか、明日がお盆だからということじゃないだろうね」

十津川がいうと、亀井は、笑って、

「あの二人は、いかにも東京のサラリーマンの感じですから、お盆の意識はないでしょう」

と、いった。

十津川は、腕時計に眼をやった。

午後七時六分。まだ、周囲は明るかった。

捜査本部へ向けて走らせている途中で、十津川の携帯に、連絡が入った。

K病院に張り込ませておいた三田村《みたむら》と、北条早苗《ほうじようさなえ》の二人の刑事からだった。

「問題の男が、現われたか？」

と、十津川の方からきいた。

「いえ。誰も、二人に会いに来ていません。看護婦の話では、二人で、やたらに携帯をかけていたようですが、何処にかけているのかは、わかりません」

と、早苗がいった。

「病院の前の大通りの反対側に、さっきから、シルバーメタリックのベンツがとまっています。ナンバーを調べると、車の持主は大川原英介《えいすけ》となっていました」

と、三田村はいった。

「SS会のリーダーの大川原か？」

「そうです。ただ、車に乗っているのは、大川原じゃありませんね。二十歳そこそこの二人で、明らかに、こっちを見張っています」

「どんな男たちだ？」

「二人とも戦闘服を着ていますね。一人はパンチパーマで、もう一人はスキンヘッドです」

「たぶん、そのスキンヘッドの方が、殺された男と一緒にケンカをした奴で、似顔絵を作ったんだろう」

「こちらも、二人の顔を、ビデオカメラで撮っています。あとで、そちらに転送します」

と、三田村はいった。

捜査本部に到着して五分後、捜査本部のパソコンに、転送されてきた。

それを、十二枚にプリントして、十津川は、机の上に並べた。

通りの向こうにとまっているシルバーメタリックのベンツ。

そのナンバープレートの大写し。

運転席に座っているパンチパーマの男。

助手席のスキンヘッドの男。

二人とも、戦闘服を着ている。

二人の動作が、何枚も続く。

スキンヘッドが、携帯をかけている。リーダーの大川原に、何か報告しているのか。

パンチパーマは、ハンドルに手を置いて、煙草を吸っている。

スキンヘッドの方は、缶ビールだ。

「この一枚を四課に持って行って、二人の名前を調べてもらってくれ。特に、スキンヘッドの方の犯罪歴もだ」

と、十津川は、西本にいった。

そのあと、亀井に向かって、

「われわれとしては、なんとしてでも、真犯人を、SS会に渡したくない。名前を知りたいし、現在の居場所を知りたい」

「しかし、青木と中川の二人は、あの調子じゃ喋《しゃべ》りませんよ」

「それはわかっている。確か二人とも、S高校の同窓生だったな」

「そうです。久しぶりに会ったといっていましたから」

「とすると、三人目の男も、S高校の同窓生の可能性が強い」

「そうです」

「それに、この似顔絵は、本人によく似ているらしい」

「しかし警部。S高校は、今は夏休みですよ」

と、亀井はいった。

「わかってるさ。だが、S高校は、この近くだ。とにかく行ってみよう」

と、十津川はいった。

二人は、パトカーを飛ばした。

S高校に着いたが、もちろん、校門は閉まっている。

「さて――」

と十津川はいった。

「青木たちは、二十三歳だから、五年前のS高校の卒業生ということになる」

「ええ」

「地元の高校だから、この辺に同窓生が何人か住んでいるんじゃないのかね」

「しかし、どうやって探し出しますか？」

「校門の近くに、パン屋がある」

と、十津川はいった。

「ありますが――」

「私なんかは、高校時代、学校の帰りに腹がすいて、家まで持たないで、学校の近くのパン屋で、パンを買って食べたものだよ」

「それは、私もやりました。鯛焼きを買いましたよ」

「今の高校生も、同じことをやるんじゃないのかね」

と、十津川はいい、亀井と車を降り、そのパン屋に向かって歩いて行った。

六十代の夫婦でやっている店だった。

なぜか、店の横に、円椅子が、いくつか並んでいる。

十津川は、夫婦に声をかけた。

「S高校の生徒が、よく、ここに寄るんじゃありませんか？」

と、きくと、おかみさんは、笑って、

「ええ。よく来ますよ。昼休みに来る子もいるし、帰りに寄る子もね。前はカレーパンが売れたけど、最近はハンバーガーね」

「いつから、ここでやっているんですか？」

「もう二十年、いえ、二十五年ですよ」

「五年前の卒業生のことを、覚えてますか？」

「五年前ねえ。名前がわかれば、思い出しますけどねえ」

「青木信夫、中川匡」

と、十津川はいった。

「青木クンの方は、覚えていますよ」

と、おやじさんがいった。

「どうして、青木信夫の方を覚えているんです？」

亀井がきいた。

「あの子はバレーボールの選手で、いつもおなかをすかして、よく、うちのパンを買って食べてたからねえ」

「では、この顔に記憶はありませんか？　青木クンの友人なんですが」

と、十津川は、例の似顔絵を二人に見せた。

夫婦は、じっと見ている。

「これは、現在の顔ですね」

と、いう。

「そうですが、五年前の卒業だから、それほど変わってはいないと思いますが」

と、十津川はいった。

「仁科クンじゃないかしら？」

と、おかみさんがいう。

「そうだな。仁科クンだな、こりゃあ」

と、おやじさんもいう。

「仁科というんですか」

「そうですよ。青木クンと、よく一緒に、うちのパンを買いに来たね。その子は、かつパンが好きだったね」

と、おやじさんがいった。

「仁科何というかわかりませんか？　フルネームを知りたいんですが」

と、十津川はいった。

「何といったかなあ？」

おやじさんが考え込むと、おかみさんが、

「確か、うちの甥《おい》と同じ名前でしたよ」

と、助け舟を出した。

「じゃあ、芳男《よしお》か」

「そうですよ。ああ、同じ名前ねって、いったのを覚えていますよ」

と、おかみさんはいった。

おかみさんは、それを、十津川の手帳に書いてくれた。

仁科芳男——である。

「どんな高校生でした？」

と、亀井が、二人にきいた。

「ちょっと変わっていたね」

おやじさんがいう。

「どんな風に変わっていたんですか？」

「三年になると、みんな、大学受験のこととか、就職のこととか、そんなことばかり話してるもんですよ。うちへ来る子も、同じでね。そこの椅子に腰を下ろして、パンをかじりながら、受験の参考書を読んでるんですよ。そんな中で、あの子は、大学受験のことより、将来は海外へ出て行って働きたいと、いってましたね」

おやじさんがいい、おかみさんは、

「あの子は、英語が得意だったから」

と、いった。

「彼は、何か、運動をやってたんですかね？」

「テニスラケットを抱えて、パンを買いに来たことがあったわよ」

と、おかみさんがいった。

「S高校には、テニス部はないだろう」

おやじさんがいう。

「だから、テニスサークルですよ」

「もう一つ、聞きたいんですが、青木クンと、仁科クンと同窓で、この辺りに住んでいる人を知りませんか？」

と、十津川はきいた。

夫婦は、また、顔を見合わせた。思い出すのに苦労しているのかと、十津川は思っていたが、

「そういえば、渡辺《わたなべ》さん、お金で苦労してるんですってねえ」

と、おかみさんの方が、十津川の質問とは関係のないようなことをいう。

「今はどこだって、金ぐりに四苦八苦してるからなあ」

と、おやじさんがいう。

二人とも、十津川を無視して話している感じだった。

「その渡辺さん、というのは、どんな人なんですか？」

と、十津川がきいた。

「駅の向こうで、文具店をやってる人ですよ。渡辺文具」

と、おかみさんがいう。

「その渡辺文具店が、仁科クンと、何か関係があるんですか？」

「渡辺文具店の息子が、確か同級じゃないかと思ってね。一緒に、よくパンを買ってたから」

と、おやじさんがいう。

(それを早くいってくれ)

と、十津川は思いながら、

「その息子さんは、今、店にはいますかね?」

「いると思いますよ。サラリーマンにならずに、おやじさんの跡を継いだと聞いてるから」

「ありがとう」

と、十津川はいい、亀井と、すぐ渡辺文具店へ行ってみることにした。

周囲は暗くなり始めて、そのことが、十津川を不安にした。

この辺りは、京王線が地下に入ってしまっているので、昔のように、踏切りで、いらいらすることもない。

渡辺文具店は、すぐ見つかった。

十津川が子供の時の文具店と違って、高価な事務器が、ずらりと棚に並んでいた。

これでは、設備投資に金がかかるだろう。

その一方で、「残暑見舞いのハガキ印刷します」というのぼりも立っている。

店番をしていたのは、二十代の男と、その母親らしい五十代の女だった。

店内の壁にも、あの似顔絵が、貼りつけてあった。

(ここにも、SS会の連中がやって来たのか)

と、思いながら、十津川たちは、二人に警察手帳を見せた。

「仁科クンのことを聞きたいんですが」

と、十津川がいうと、息子らしい青年が、

「警察も、彼を探しているんですか?」

「SS会の連中も、来たんですね?」

「あの似顔絵を持って来ましたよ」

「それで、あれが、仁科芳男だと教えましたか?」

と、十津川はきいた。

「いや、何がどうなってるかわからないので、知らない顔だと、いっておきました」

「よかった。あなたは、仁科芳男の同級生ですね?」

「いや、一年後輩なんです」

と、相手はいった。

「小林《こばやし》パン店で、あなたが、仁科クンと一緒に、よくパンを買いに来たといっていましたが」

「ボクは、仁科さんと同じテニスサークルに入ってましたから」

「それでね」

と、十津川は肯いてから、

「彼が、今、何をやっていて、何処に住んでいるか、わかりますか?」

と、きいた。

「先輩は、何をやってるのかなあ」

相手は、考え込んでしまった。彼の母親が、

「仁科さんから、今年、年賀状が来てるんじゃなかったの?」

と、声をかけた。

息子は、「ああ、そうだ」と肯いてから、十津川たちに向かって、

「先輩に会ったとき、年賀状は、うちで印刷させてくださいよっていったら、おれは、年賀状は、五、六枚しか出さない。だから、自分で、イラストを描くんだといわれてしまいましてね。確か、その年賀状が、来てました」

と、いい、奥から持って来てくれた。

パソコンで作った年賀状である。

干支《えと》は描かれてなくて、地球儀が描かれ、

〈新年おめでとう。
　今年こそ、海外へ行くぞ！〉
　と、あった。
〈東京都三鷹《みたか》市下連雀《しもれんじやく》×丁目
　ヴィラ三鷹302号　仁科芳男〉
　これが、住所だった。
　十津川は、携帯を使って、そこに書かれた電話番号にかけてみた。が、いくら待っても、応答はなかった。
「カメさん、三鷹へ行ってみよう」
　と、十津川はいった。

4

　パトカーを、甲州街道を西に向かって走らせる。
　時間が、どんどんたっていく。

桜上水《さくらじょうすい》のあたりまで来た時、亀井が、

「尾行されてるみたいです」

と、いった。

十津川は、バックミラーに眼をやった。

「あの黄色い国産のスポーツカーか？」

「そうです。さっきから、ずっとこっちの尻にくっついています」

こちらがスピードをゆるめると、向こうもスピードを落とす。

「とまって、あいさつしてやろう」

と、十津川がいった。

こちらが急停車し、十津川と亀井が、車の外に出て待ち受けると、スポーツカーは、突然、猛スピードで二人の脇をすり抜けて、走り去った。

十津川は、パトカーの指令センターに連絡をとった。

「甲州街道の桜上水付近にいるパトカーに、指令してほしい。黄色い国産スポーツカー。ナンバーは、品川×××。スピード違反で、逮捕してください」

連絡がすむと、十津川たちは、赤色灯をつけ、サイレンを鳴らして、スピードをあげていった。

スピードは、一〇〇、一二〇、一五〇と、あがっていった。

たちまち、三鷹市内に入った。

スピードをゆるめ、サイレンを止めて、年賀ハガキの住所を探す。

十津川は、時々、バックミラーに眼をやったが、黄色のスポーツカーは、映らなかった。

ヴィラ三鷹を見つけて、二人は、パトカーを降りた。

三階に駈け上がる。

302号室のドアをノックしたが、返事はない。

一階に戻って、管理人に会った。

「仁科さんなら、しばらく帰って来ませんよ」

と、六十歳くらいの管理人がいう。

「しばらく帰って来ないというのは、どういうことですか?」

と、十津川はきいた。

「よくわかりませんが、一年くらい、何処かで、井戸を掘るんだとか、学校を建てるんだとか、いっていましたよ」

と、管理人はいった。

(青年海外協力隊か)

と、十津川は思った。

「いつ出かけたんですか？」

と、亀井がきいた。

「今日の昼過ぎでした。ショルダーバッグ一つ提げてね。今はあんな軽装で、外国へ行くんですねえ」

管理人が、感心したように、いう。

仁科は、そのあと午後三時に、S高の仲間、青木と中川に会い、幡ヶ谷の「香華」で、一緒に中国料理を食べた。

十津川にも、少しずつ、事情が飲み込めてきた。

仁科芳男は、青年海外協力隊で、海外へ出かけることになっていた。一年間、日本を離れるので、S高の同窓生だった親友の青木と中川と、食事をすることに決めた。

S高の近くの中国料理店「香華」で、三人で食事をした。青木と中川にしてみれば、歓送会のつもりだったのだろう。

ところが、そのあと、店を出たところで、SS会の二人とケンカになった。

SS会の連中は、ナイフを振り廻し、青木が左腕を刺された。

仁科は、そのナイフを奪おうと、もつれ合っているうちに、相手を刺し殺してしまったのだろう。

青木と中川は、親友の仁科を、なんとか国外へ脱出させようとして、警察に嘘をついた。

そういうことだろう。

しかし、肝心の仁科は、今、何処にいるのだろうか？

「仁科さんは、どうやって、海外に出発するといっていましたか？　飛行機？　それとも船か」

十津川は、管理人にきいた。

「そういうことは、聞いてませんねえ」

と、管理人はいう。

十津川は、一〇四で青年海外協力隊本部の電話番号をきき、かけてみた。

しかし、いっこうに、相手は出ない。

土曜日なので、職員は帰ってしまっているらしい。

「参ったな」

と、十津川は呟いた。

「302号室を調べてみたらどうですか？」

と、亀井がいった。

「緊急事態だから、やってみるか」

「令状をもらっているヒマは、ありませんよ」

と、亀井がいう。

十津川は、決心して、管理人に、

「302号室の家宅捜索をするので、立ち会ってください」

と、いった。

管理人に、302号室を開けてもらい、二人は、中に入った。

1DKの狭い部屋だった。

パソコン、プリンターなどが並んでいる。テニスのラケットが二本あるので、現在もテニスを続けているのだろう。

パネル写真が、五枚、壁に飾ってあった。

どれも、農業をやっているものだった。農業実習といっていいだろう。

井戸掘りをしている写真もある。

温室栽培をしているものもあるが、いずれも、教官がいて、四、五人が、実習を受けている写真だった。

本棚には、原書を含めて、農業関係の本が、ずらりと並んでいる。

机の上には、写真立てに、若い女と並んで写っている写真が飾ってあった。

二人とも、陽焼けした顔で笑っているから、農業実習で知り合った彼女だろうか。

「おかしいですね」

と、亀井がいった。

「何がだ？」

「仁科は、一年間、海外へ行くことになっているわけですよ」

「そうだ」

「それなら、普通、彼女の写真を持っていくんじゃありませんか」

と、亀井はいう。

「持っていく必要がなかったんだろう」

「どういうことですか」

「彼女も一緒に行くんだよ」

と、十津川はいった。

「じゃあ、彼女も、同じ青年海外協力隊の人間ですか」

「そう思っていいんじゃないか」

と、十津川はいった。

十津川は、改めて、二人が並んでいる写真に眼をやった。

二人とも、二十二、三歳に見える。同じ年かもしれない。

羨《うらや》ましい若さだと思う。

二人は、ムギワラ帽をかぶり、ツナギの作業服みたいなものを着ているから、農業実習の時に撮ったものかもしれない。

二人とも、使命感に燃えているのだろう。二人で、他の仲間と一緒に、何処の国かわからないが、発展途上国で、井戸掘りをしたり、農業を手伝ったり、学校を建てたりしようとしているのに違いない。

その出発の日に、災厄《さいやく》が襲い、殺人を犯してしまった。

一緒にいた友人は、なんとかして、彼を逃がそうとしている。

その気持ちは、わからないではない。だが、十津川は、そんな仁科を、逮捕しなければならないのだ。

「似顔絵が、よく似ていますね」

と、亀井が、写真を見て、いった。

二人は、なおも、部屋の中を調べた。なんとかして、仁科が今、何処にいるか、知りたかったからだ。もっと具体的にいえば、日本の何処から出発することになっているか、それを知りたかったのだ。

パソコンで検索もしてみたが、わからなかった。

十津川は、思い立って、中央新聞にいる友人の田口《たぐち》に、携帯をかけた。

「今日か明日、青年海外協力隊が、日本を出発するはずなんだが、何処から出発するか、知らないか?」

と、十津川はきいた。

「それなら、海外協力隊の本部へきけば――」

と、田口はいいかけてから、

「そうか。今日は土曜日で、相手はいないか」

「そうなんだよ。明日も、日曜日だ」

「青年海外協力隊に、警察が、何の用があるんだ?」

と、田口がきいた。

「それは、今回、参加している青年の一人に、なんとしても、出発する前に会いたいんだ」

とだけ、十津川はいった。

「青年海外協力隊というのは、飛行機を使うことはめったになくて、たいてい、船だけどね」

「じゃあ、横浜かな?」

「さあ。定期便じゃないからな。何かわかったら、すぐ連絡するよ」

と、田口はいってくれた。

十津川は、仁科が女と写っている写真を持って、捜査本部に戻ることにした。

帰りのパトカーの中でも、次々に連絡が入ってくる。

殺された牧田に傷害の前科があったという連絡。

死体は現在、司法解剖中。

K病院にいる刑事からの連絡もあった。

「依然として、SS会の二人が、こちらを監視しています。四課からの連絡で、その二人の名前がわかりました。スキンヘッドの方は、平山勝《ひらやままさる》、二十四歳。もう一人は、藤井《ふじい》康夫《やすお》、二十五歳です」

「平山の方の前科は？」

と、十津川がきいた。

「若いのに、いろいろありますよ。詐欺、恐喝、それに傷害です。さらに、拳銃の不法所持」

(そんな奴が、仁科芳男を狙っているのか)

第二章　ブルートレインを追う

1

管理人の鈴木《すずき》が、顔を上げると、三人の若い男が立っていた。眼つきの鋭さから、別の刑事が来たのかと思い、

「刑事さん、今度は何のご用です？」

と、きいた。

三人の中で、いちばん年長と思われる男、といっても、三十代にしか見えない男が、ニヤッと笑った。

「やっぱり、刑事が来たんだな」

「刑事さんじゃないんですか？」

鈴木が、ふっと、怯えた眼になった。

「刑事は、何しに来たんだ？」

一人がきいた。

「――」

鈴木が黙っていると、いきなり一人が、彼の両耳をつかんで、力いっぱい、引っ張った。

強烈な痛みに、鈴木は悲鳴をあげた。

「刑事は、ここに何しに来たんだ？　人を探しに来たんじゃないのか？　え？」

「302号室の――」

鈴木は、耳の痛さに顔をしかめながら、いう。

年輩の男が、また、ニヤッと笑った。

「302号室の人間のことを聞きに来たんだな？」

「そうです」

「その部屋の人間の名前は？」

「警察の人は、この件は話さないようにしろと、いっていましたが――」

と、鈴木がいい澱《よど》んだとたんに、一人の男の拳《こぶし》が飛んできた。

呻《うめ》き声をあげ、鼻血で、鈴木の顔が赤く染まった。

「302号室の人間の名前は？」

「仁科さんです」

鈴木の声がふるえた。

「この男か？」

一人が、一枚の似顔絵を、鈴木の鼻先に突きつけた。

「どうなんだ？」

「似てます——」

「よし、302号室を開けてもらおう」

二人の男が、鈴木の身体を、管理人室から引きずり出した。

騒ぎを聞きつけて、鈴木の妻の里子《さとこ》が、出て来た。

「何をしてるんです？　何なの、この人たちは」

「引っ込んでいろ！　騒いだり、警察に知らせたりしたら、あんたの旦那を殺すぞ！」

一人が、里子を脅し、あとの二人は、

「さっさと、歩けや」

と、鈴木の背中を押した。

三階に上がり、鈴木が鍵を開けると、彼を部屋の中に押し込んで、三人は中に入った。

そのあと、彼らは、一斉に部屋の中を調べ始めた。

壁に貼られたパネル写真の一枚を引き剝《は》がして、一人が、

「仁科というのは、農業をやってるのか」

と、首をかしげると、年長の男が、

「バカ。それは、たんに農業実習をしているだけだ」

と、いった。

彼は、部屋の隅でふるえている管理人に向かって、

「仁科は、今、何処にいるんだ?」

「知りませんよ」

「殴れ!」

と、男がいった。

鈴木のそばにいた男が、一発、二発と、顔面を殴りつけた。

その度に、また鼻血が噴き出した。

「やめてください!」

と、悲鳴をあげる。

「もう一度、きくぞ。仁科という男は、今、何処にいるんだ?」

「今日の昼過ぎに、旅行に出かけたんです。行く先は知りません」

「何をしている男なんだ?」

「なんでも、海外で井戸を掘ったり、学校を建てたりするんだといってました」

「海外でか」

「そうです」

「青年海外協力隊かな」

「私には、よくわかりません」

「探せ！」

と、男が怒鳴った。

他の二人は、

「何を探すんです？」

「仁科という男は、今日か明日、海外へ出かけるつもりだ。どんな方法で出かけようとしているのか、それを調べるんだ！」

「どうやってです？」

「紙のメモとか、そこにあるパソコンのメモだ」

「パソコンには、メッセージは残っていませんね」

「じゃあ、紙のメモを探せ！」

男が、また怒鳴った。

二人は、机の引出しを抜いてぶちまけ、本棚を引っ繰り返した。

「何もありませんよ」

「もっとよく調べろ！」

「何もありませんよ」

「屑籠《くずかご》も見たか？」

「何も入ってませんよ」

「紙屑はどうしたんだ？」

男は、管理人を睨んだ。

「今日、出かけるんで、ゴミ袋に入れて出して行きましたよ」

「そのゴミ袋は、何処にあるんだ？」

「このマンションの、入口横のゴミ置場にありますよ」

「他のゴミ袋もあるのか？」

「今日はゴミの日じゃないから、出したのは、仁科さんだけですよ」

「よし！　持ってこい！」

と、男は、仲間の一人にいった。

すぐに、そのゴミ袋が運ばれてくると、男は、中身を部屋の中にぶちまけた。

「探せ！」

と、また怒鳴った。

三人は、ぶちまけたゴミを必死で調べていった。

一人が、丸めたメモを見つけ出した。

広げると、数字が並んでいた。

1803

037

1305

2

「何の数字です？」

若い一人が、きく。

男は、黙って自分の腕時計に眼をやった。

「八時十二分か」

と、呟く。

「この数字は、時間ですか？」

「他にあるか！」

男は、怒ったようにいい、

「時刻表を探してこい！」

「本棚にあったような気が――」

と、二人の男が、散乱している本をかき分けて、時刻表を手に取った。

それを、リーダー格の男に渡す。

リーダー格の男は、時刻表のページを繰っていたが、

「これだな」

と、呟いた。

ボールペンで、問題のメモに書き込んでいった。


1803（東京）　037（京都）　1305（長崎）

「何ですか？　それは」

若い男がきく。

「ブルートレイン〈さくら〉の時刻表だ」

「東京駅が、午後六時三分発ですか。今、八時十三分だから、とっくに出発してしまってますよ」

「わかっているさ」

「牧田を殺した奴が、このブルートレイン〈さくら〉に乗っているということです

か？」

「ああ。その通りだ」

「しかし、この列車は、今頃、沼津《ぬまづ》あたりまで行っちゃってるんじゃありませんか？」

「うるさいぞ！」

と、男を叱りつけてから、

「平山が、牧田の仇を討ちたいといっていたな？」

「ええ。カリカリしてますよ」

「今、病院の監視に行ってたな」

「そうです」

「すぐ、電話して、東京駅へ行くように、いってやれ。それから、病院の方は、お前が代わってやれ」

「わかりました」

「前田《まえだ》。おれたちも、東京駅に行くぞ」

と、男は、もう一人にいった。

五分後、三人の男たちは、嵐のようにいなくなった。

管理人の鈴木は、鼻をおさえて、よろめくように、一階の管理人室に戻った。

顔を何度も洗ってから、妻の里子に、

「警察に知らせなきゃあ――」

と、いった。

里子は、青い顔で、

「そんなことをしたら、また、ひどい目にあうんじゃありませんか」

「連中は、東京駅に行ったから、大丈夫だよ」

鈴木は、十津川にもらった名刺を取り出し、受話器を手に取った。

十津川につながると、

「ヴィラ三鷹の管理人の鈴木です」

と、いってから、

「怖い連中がやって来て、仁科さんの部屋を引っかき廻していきました」

「被害は？」

「殴られて、鼻血が出ました」

「申しわけない。警官を張り込ませるんでした。どんな連中でした？」

「二十代の男が二人と、ボスらしい三十代の男の三人です」

「SS会の連中だ」

「仁科さんの似顔絵を持っていて、見せられました」

「仁科さんの部屋を調べて、何か連中は見つけていきましたか？」

と、十津川がきく。

「部屋では何も見つからないようでしたが、仁科さんのゴミ袋の中から、メモを見つけてました」

「ゴミ袋？」

「今日はゴミの日じゃないんですが、仁科さんが、旅行に出かけるというので、ゴミ袋一つを、マンションのゴミ置場に置いて行ったんです。連中は、それを見つけたんです」

「しまった！」

と、十津川は叫んでから、

「連中が見つけたメモに、何が書いてあったか、わかりませんか？」

と、きいた。

「三人で話すのを、断片的に聞いたんですが、時刻表を調べてました」

「時刻表ですか」

「メモには、数字が書いてあったみたいで、その数字を時刻表と照合してました」

「時刻表とね」

「さくらが、どうかしたとか」

「さくら？　ブルートレインかな」

「ええ。ブルートレインという言葉も聞きました。三人の一人が、とっくに東京駅を発車してるから、間に合いませんよって、いってましたね」

「〈さくら〉なら、もう出発してしまっているはずです」

「それから、平山が仇を討ちたいだろうから、東京駅へ行くように連絡しろと、ボスの男が、いってました」

「スキンヘッドの男だ」

「え？」

「危険な男です。三人も、東京駅に行ったんでしょうか？」

「ボスと一人は、行くみたいでした。もう一人は、平山という男と交代するみたいで」

と、鈴木はいった。

「ありがとうございました。よく電話してくださいました。助かります」

十津川がいった。

そのあと、心配そうに、

「医者に行った方が、いいんじゃありませんか？」

「大丈夫です。もう血は止まっていますから」

と、鈴木管理人はいった。

3

十津川は、時刻表を探し出して、寝台特急のページを開いた。

〈さくら〉の時刻表を見た。

その列車は、長崎行きで、熊本行きの同じブルートレイン〈はやぶさ〉と連結して、一八時〇三分（午後六時三分）に、東京を発車する。

主な駅の発着時刻は、こうなっていた。

東京	発	18：03
静岡	〃	20：37
名古屋	〃	22：47
京都	〃	0：37
大阪	〃	1：09
広島	着	5：21
下関《しものせき》	〃	8：34
鳥《と》栖《す》	〃	10：19
長崎	〃	13：05

「この列車に、犯人の仁科芳男が、乗ったんでしょうか？」

亀井が、眼を光らせてきいた。

「そうだと思う。SS会のボスの大川原と、スキンヘッドの平山、それにもう一人の三人が、追いかけて東京駅へ向かったと思われる」

「〈さくら〉は、二時間以上前に東京駅を出てしまっていますが」

「新幹線で、追っかける気だろう。私たちも、東京駅へ行こう」

と、十津川はいった。

亀井と、西本、日下の三人を同行させることにして、十津川は、三田村と北条早苗の二人には、

「君たちで病院へ行き、青木と中川の二人に、話を聞いてくれ。SS会の三人が、ブルートレイン〈さくら〉を追っているといえば、正直にすべて話してくれるだろう。それを、私の携帯に伝えてくれ」

と、命じた。

十津川たち四人は、東京駅に急行した。

午後九時五分。東京駅に着く。

すでに、〈さくら・はやぶさ〉が発車してから、三時間が経過していた。

下りの東海道新幹線ホームに上がる。

SS会の大川原たち三人の姿はなかった。一足先に新幹線に乗って、出発してしまっ

たのだろう。

四人は、今からいちばん早く出発する新幹線に乗ることにした。

いちばん早い列車は、二一時一八分発の〈のぞみ95号〉だった。

とりあえず、四人はその列車に乗り込んだ。

十津川は、この列車の時刻表を調べて、〈さくら〉のものと、比較した。

東京	発	21：18
新横浜	〃	21：34
名古屋	着	22：56
〃	発	22：57
京都	着	23：33
〃	発	23：34
新大阪	着	23：48

「京都で、追いつきますね」

と、亀井がいった。

一時間も早く、着いてしまうのだ。

「京都で、乗りかえよう」

と、十津川はいった。

時刻表を見ていた西本が、

「SS会の三人が、二〇時五〇分発の〈ひかり245号〉に乗ったとすると、〈さくら〉に名古屋で追いついてしまいます」

「その〈ひかり〉は、この〈のぞみ〉の一つ前の列車だな？」

「その間に、〈こだま〉が一列車入っていますが、この〈こだま〉は、三島《みしま》までしか行かない列車ですから、実質的に一つ前の列車は、二〇時五〇分発の〈ひかり245号〉だと思います」

「参ったな」

と、十津川は呟いた。

亀井も、険しい表情になった。

「われわれは、京都からしか〈さくら〉に乗れませんが、SS会の連中は、名古屋から乗れるんですよ」

「〈さくら〉は、名古屋から京都まで、一時間五十分もかかるのか」

十津川は、〈さくら〉の時刻表を見て、舌打ちした。

その間、十津川たちは、SS会の連中から、仁科芳男を守ることができないのだ。

「愛知県警に頼んで、県警の刑事に、名古屋から〈さくら〉に乗り込んでもらったら、どうでしょうか？　京都で、われわれと交代するということにするんです」

と、日下がいった。

「今、私も同じことを考えましたよ」

と、西本はいう。

十津川は、「駄目だね」と、いった。

「証拠がないんだ。現場には、五人の人間がいた。仁科たち三人と、SS会の二人だ。そこで、SS会の牧田元が殺された。仁科の友人の青木と中川が、仁科の犯行を証言するはずがない。必死で逃がそうとしているんだからね。もう一人の、SS会の平山勝も、仁科が牧田を殺したとは、証言しないだろう。なぜなら、SS会の連中は、面子にかけて、自分たちの手で仁科を私刑《リンチ》しようと考えているからだ。私たちだって、決定的な証拠をつかんでいるわけじゃない。今のままでは、逮捕状は下りないよ」

「では、われわれも、京都で〈さくら〉に乗り込んでも、仁科芳男は逮捕できないわけですね？」

と、日下がきいた。

「できないよ。逮捕令状がないからね」

と、十津川はいってから、

「ただ、仁科を説得して、東京へ連れ帰ることはできると思っている。正当防衛を主張することもできる状況だし、このままではSS会の連中に殺されてしまうことを話せば、任意同行に応じてくれると、私は、確信しているんだよ」

4

三田村と北条早苗の二人は、K病院に向かって、パトカーを走らせた。

病院の手前には、相変わらず、シルバーメタリックのベンツが、とまっていた。

二人は、病院内に入り、三階の病室に向かった。

そこで、青木信夫と中川匡に会った。青木は、三田村と早苗を見るなり、

「何度来ても、ボクの気持ちは変わりませんよ。あのチンピラを殺したのは、ボクなんです」

と、最初から、挑戦的にいった。

三田村は、わざと腕時計に眼をやった。

「ブルートレインの〈さくら〉は、今頃どの辺を走っているんですかね?」

三田村の言葉で、青木と中川は、顔を見合わせてしまった。

「そろそろ正直に話してくれませんか」

と、早苗が、二人に向かっていった。

「何のことですか？」

青木が、切り口上で、きき返した。

「あなた方の友だちの仁科さんが、今日のブルートレイン〈さくら〉に乗ったことは、わかっているんですよ」

「――――」

「困ったことに、仁科さんの命を狙っているSS会の連中も、そのことに気づいたんです。仁科さんが捨てたゴミの中から、〈さくら〉の時刻表を書いたメモを見つけてしまったんです」

と、三田村がいった。

早苗が、それに付け加えて、

「SS会の連中は、今、新幹線で、ブルートレイン〈さくら〉を追いかけています。名古屋か、京都か、新大阪で追いついて、〈さくら〉に乗り込みますよ。連中は、仲間を殺されたというので、面子にかけて、仁科さんを殺す気です。私刑《リンチ》です」

「――――」

「このままでは間違いなく、〈さくら〉の車内で、仁科さんは連中に殺されます」

「友人として、助けたいと思いませんか」

三田村が、二人を見た。

「どうしろというんですか？」

と、中川がきいた。

「仁科さんが、SS会の牧田元を殺したとなれば、われわれは、直ちに、〈さくら〉の車内で、仁科さんを逮捕します。SS会の連中には、指一本触れさせませんよ」

三田村がいった。

「つまり、ボクたちに、仁科があのチンピラを殺したと、証言しろということですか？」

青木が、眉をひそめて、いった。

「そのとおりです。お二人は、現場に友だちの仁科さんといた。そして、小雨の中で、SS会の二人とケンカになり、仁科さんが、相手の牧田元を刺し殺してしまったんでしょう？　ありのままを話してくれればいいんです。お二人の証言があれば、仁科さんを、殺人容疑で逮捕できるんです」

三田村がいい、早苗が、やわらかな口調で、

「友だちを逮捕させるのは、辛《つら》いでしょうが、裁判になれば、正当防衛が成立する可能性もあります」

「もし、あなた方が、今までどおりの口裏合わせを繰り返していると、間違いなく、仁科さんはSS会の連中に殺されますよ。事件に関係のない人間を、われわれは拘束でき

ませんから」

と、三田村は脅かした。

「おかしいじゃありませんか」

青木が反撥《はんぱつ》した。

「何がですか？」

「刑事さんたちは、ボクらの友人の仁科が、ブルートレイン〈さくら〉に乗ったといった。SS会の連中が追いかけて行って、〈さくら〉の車内で、仁科を殺すはずだともいう。それがわかっているのなら、SS会の連中を逮捕して、仁科を助けてくれればいいじゃありませんか。彼が殺人容疑者じゃなければ助けられないというのは、おかしいじゃありませんか」

「確かに、おかしい。わかっていて、なぜ助けてくれないんですか？」

青木と中川が、こもごも、激しい口調で、いった。

「いいですか」

と、三田村がいい返した。

「われわれは、刑事として、渋谷区幡ヶ谷で起きた殺人事件を捜査しています。ブルートレイン〈さくら〉で東京を離れた仁科さんが犯人なら、なんとしてでも、〈さくら〉に追いついて、彼を逮捕します。もし、SS会の連中が妨害すれば、連中も逮捕しますよ。しかし、お二人の証言どおりだと、仁科さんは殺人とは無関係で、たんなる旅行者になります。われわれは、そんな人間をわざわざ追いかけて行くほど、ヒマじゃないのですよ」

「ボクらを、脅迫するんですか？」

青木が、三田村を睨んだ。

三田村は、小さく眉をひそめて、

「とんでもない。ただ、警察は、規則で動いていますからね。事件が起きなければ動かないし、たんなる旅行者は、追いかけないんです。これが、〈さくら〉の車内で人が殺されれば、われわれも動きますがね」

「やはり、脅かしているんじゃないですか」

中川がいった。

「ただ、正直に何もかも話してくださいと、お願いしているだけですよ」

三田村がいった。

青木と中川は、また、顔を見合わせていたが、急に、きっとした眼になって、

「仁科は友人ですが、〈さくら〉に乗っているのは、初耳ですね。それに、あのケンカの現場にはいませんでしたよ」

「今日、ボクたち三人で『香華』で食事はしましたが、彼は急用があるといって、さっ

さと消えてしまったんです。ボクたちがケンカしたのは、その後ですよ」

と、青木と中川はいう。

「SS会の牧田元を殺したのは、あくまで自分だと、いい張るんですか？」

三田村は、青木の顔を見すえて、きいた。

「そうです。ボクが殺したんです。相手がナイフを振り廻して、もみ合っているうちに、殺してしまっていたんですよ」

青木がいった。

「お二人とも、事態がよくわかっていないんじゃありませんか」

と、早苗がいった。

「SS会というのは、三十人くらいのグループで、会のためや面子で、平気で人を殺す連中です。連中は、間違いなく、仁科さんを見つけて、殺しますよ。それを防ぐには、あなた方二人の証言が必要なんです。お友だちが、人を殺したと証言するのは嫌でしょうが、真実は曲げられないし、それによって、お友だちの命が助けられるんです。決心してください」

「SS会というのは、聞いていると、相当なワルの仲間じゃありませんか」

と、中川がいった。

「そうです。ですから危険なんです」

と、早苗が応じる。

「それなら、なんとかして、逮捕できるんじゃないんですか。頭を使えば、どんな罪状でもつけて、引っ張ることができるはずですよ。今からブルートレインの〈さくら〉に乗り込んで、SS会の連中を逮捕してくださいよ。逮捕できなくとも、列車から降ろすことぐらいできるでしょう？　そうすれば、仁科だって、安心して〈さくら〉に乗っていけると思いますがね」

と、中川が、挑戦するように、いう。

「仁科さんが〈さくら〉に乗っていることは、認めるんですね？」

三田村が、ちょっと皮肉を利かせて、いった。

青木が笑って、

「仁科が、ブルートレイン〈さくら〉に乗ったはずだといったのは、ボクたちじゃなくて、刑事さんの方ですよ。ボクらは、仁科が今、何処にいるか知りませんよ。ただ、彼のことを心配しているだけです」

と、いった。

（一筋縄ではいかないな）

三田村は、眼の前の二人の顔を、改めて見返した。

（この二人は、なんとしてでも、友だちの仁科芳男を、警察には逮捕させない気なの

だ)

「あなた方の気持ちが、よくわかりませんね」

と、早苗はいった。

「友だちのことを、心配しているだけですよ」

青木がいった。

「つまり、お友だちの仁科さんを助けたいんでしょう?」

「当たり前です」

「それなら、いちばん賢明なのは、私たちがずっといっているように、仁科さんが、SS会の牧田元を、はずみで殺したと証言することです。そうすれば、間違いなく、仁科さんを助けられます」

と、早苗はいった。

「そして、刑務所へ放り込むわけですか」

青木が、笑いながらいう。

「どんな理由があっても、人を殺せば罪を償う必要がありますからね」

「何度もいいますが、チンピラを殺したのはボクで、仁科は関係ありませんよ」

「また、振り出しに戻るのか!」

三田村が、怒気をこめて、青木を睨んだ。早苗が何かいいかけるのを、三田村は、手

で制して、

「これ以上、話していても、時間の無駄だ。引き上げよう」

と、いった。

二人は、病室を出て、パトカーに戻った。

三田村は、運転席に腰を下ろし、ハンドルに手を置いたが、すぐには車をスタートさせず、通りの向こうにとまっているベンツに、眼をやった。

SS会の連中の監視も必要だ。

「どうもわからん」

と、三田村は、吐き捨てるようにいった。

「何が?」

「入院している青木と中川の二人のことだよ。特に、青木の気持ちがわからないね。彼は、SS会の連中と実際にわたりあって、負傷もしているんだ。だから、身をもって、SS会の連中の怖さを知っているはずだ。それなら、仁科を助けるためには、彼の罪を認めることが、最善だということもわかるんじゃないか。それなのに、なぜあくまで、仁科のことについては何も証言せず、ひたすら、SS会の牧田を殺したのは自分だと、いい張るのか、わからないんだよ」

「それだけ、友だちの仁科が好きなんだと思うわ。それに、なんとしてでも、仁科を海外へ送り出したいんだと思う。もし、仁科が人を殺したと証言してしまえば、彼は、海外へ行かれなくなるから必死なのよ」

と、早苗はいった。

「それは、よくわかるよ。しかし、仁科が殺されてしまったら、すべて終わりじゃないか。あの男は、そのくらいのことが、わからないのかね」

「冷静になれないのか、それとも——」

「それとも、何だ？」

「仁科は、絶対に海外へ脱出できるという自信があるのか」

と、早苗はいった。

「その仁科は今、ブルートレイン〈さくら〉に乗って、長崎へ向かっている」

「ええ」

「SS会の連中三人が、新幹線で、〈さくら〉を追いかけている」

「ええ」

「名古屋で追いついて、〈さくら〉に乗り込んだとすると、仁科は、終点の長崎まで、名古屋からSS会の三人と一緒に過ごすことになるんだよ。何時間かかると思う？」

「十四時間は、一緒ね」

「十四時間もだよ。絶対安全だなんて、誰も保証できないんじゃないか。それなのに、なぜ、青木は、不安にならないんだ？」

「列車には、他の乗客もたくさん乗っているし、乗務員もいるわ。だから、SS会の連中だって、仁科には手を出せないと、思い込んでいるんじゃないのかしら？」

「SS会の連中は、殺そうと思えば、雑踏の中でだって、平気で殺すよ。それに、〈さくら〉は寝台列車だよ。夜中を過ぎれば、乗客は寝てしまうんだ。乗客の一人が殺されたって、誰も気づかないいんじゃないのか」

「青木は、私たちも〈さくら〉を追いかけてると、想像していると思う」

「それはあるだろうね」

「刑事が乗り込めば、SS会の連中も、仁科に手を出せないだろうと、タカをくっているんじゃないのかしら？」

と、早苗はいった。

「今のままでは、仁科を守るのは難しいということを、繰り返し説明したはずなんだがねえ。今のところ、仁科はただの旅行者だから、刑事が彼にぴったりとくっついているわけにはいかないことをね。青木という男には、それがわからなかったのかね」

「ひょっとして、仁科は〈さくら〉に乗っていないんじゃないかしら？」

「乗っていない？」

三田村が、眼をむいた。

「まだ、仁科が〈さくら〉に乗ったという証拠はないわ」

「しかしねえ。SS会の連中は、仁科のマンションで、〈さくら〉の時刻表のメモを見つけ、新幹線で〈さくら〉を追いかけたことは、間違いないんだ」

「だからといって、仁科が乗っているとは限らないわ。第一、病室の二人は、仁科の持っている携帯と自由に連絡が取れるんじゃないの。警察と、SS会が追いかけていると伝えれば、仁科は〈さくら〉に乗らないか、乗っていても、途中で降りてしまうと思う」

と、早苗はいった。

「確かに、それはそうだが――」

「〈さくら〉が長崎に着くのは、明日の一三時〇五分になっているわ。つまり、明日の午後一時五分までに長崎に着けば、いいということになる。たぶん、長崎から出発する船に乗るんじゃないかと思うけど、それだけの余裕があれば、明日、羽田から飛行機で、ゆっくり長崎へ行ける。羽田・長崎間は、一日、何便も飛んでいるから、病室の二人は、だから、SS会の話をしても、安心しているんじゃないかと思うんだけど」

「可能性はある」

と、三田村はいった。が、言葉を続けて、

「だが、別の考え方もあるんじゃないかな」

「どういうこと？」

「仁科が、なぜ、ブルートレインに乗ったかということなんだ。飛行機に乗れば、一時間五十分で着くのに、ブルートレインでは、十九時間もかかるんだからね。理由として、一つ考えられるのは、途中で、誰かが乗り込んで来ることになっているんじゃないかということだ」

「写真に写っていた、仁科のガールフレンド？」

「かもしれないし、青年海外協力隊の仲間たちかもしれない。その相手に、うまく連絡が取れなければ、危険でも、〈さくら〉に乗り続けるんじゃないかね」

と、三田村はいった。

「とにかく、こちらでわかったことを、すべて警部に知らせたらいいと思うわ」

と、早苗はいった。

二人は、K病院が見えなくなる場所まで車を走らせてから、新幹線の車中の十津川に連絡を取った。

5

十津川は、三田村と早苗からの報告を受けて、困惑した。

座席を向かい合わせにして、十津川は、部下の三人と話し合った。

「青木が、ここにきても牧田元を殺したのは自分だと主張している限り、仁科を殺人容疑で逮捕はできない。〈さくら〉に乗っても、仁科を拘束するのは不可能だ」

と、十津川はいった。

「SS会の連中から、仁科を守るのは、やりにくいですね」

亀井も、渋面を作った。

「愛知県警に連絡して、仁科を拘束してくれとは、いえないわけですね」

西本がいう。

「無理だな」

「SS会の連中を拘束できませんか？　彼らを、なんとか拘束できるんじゃありませんか？」

と、日下はいう。

「捜査四課にきいてみよう」

と、十津川はいって、立ち上がった。

デッキに出て、四課の中村警部に電話をした。

ここまでの経過を、簡単に説明してから、

「問題は、私たちは、京都からしか〈さくら〉に乗れないんだが、SS会の連中は、名古屋から乗れてしまうことなんだ。名古屋から京都まで、〈さくら〉は、一時間五十分くらいかかる。その間が、心配なんだ」

「それなら、愛知県警に、その間を守ってもらえばいいじゃないか」

「同じことを、こっちも考えているよ。ただ、今のままでは、県警の刑事は仁科を拘束できない。守りにくいんだ。それで、SS会の三人を拘束できないかと思ってね」

「SS会の誰なんだ？」

「ボスの大川原と、スキンヘッドの平山勝、もう一人の名前はわからない。この連中を、何かの容疑で拘束できないかね？　できれば、県警に頼むんだが」

と、十津川はいった。

「〈さくら〉が、名古屋を出るのは、何時だ？」

「二二時四七分。午後十時四十七分だ」

「今二二時五分前か。あと、約一時間あるな。すぐ、調べてみる」

と、中村はいった。

十津川は、席に戻った。

「四課で、SS会の大川原たちのことを調べてくれるといっているが、二二時四七分までに、連中を拘束できるだけの理由を見つけられるかどうかは、わからないな」

と、十津川は、他の三人に、いった。

「間に合わなかった場合は、愛知県警には頼まないんですか?」

　亀井がきく。

「いや、その場合でも、名古屋から、〈さくら〉に乗ってくれと頼むよ。仁科も、SS会の連中も拘束できないとしても、SS会の連中に、プレッシャーは与えられるからね」

　と、十津川はいった。

「北条刑事の言葉を、どう思われますか?」

　西本が、十津川にきいた。

「仁科が、〈さくら〉に乗っていないんじゃないかということか?」

「そうです」

「可能性はある。しかし、われわれは、仁科が〈さくら〉に乗っているとして、行動する必要があるんだよ」

　と、十津川はいった。

　とにかく、SS会の連中に、仁科を殺させてはならない。それが、すべての前提になるのだ。

　三十分後に、四課の中村から電話が入った。

「悪いニュースは、早く伝えた方がいいと思ってね」

と、中村は、いった。

「SS会の大川原も、平山も、法律に触れるようなことは、やってないか」

「ああ。連中のことだから、最近、何もやってないことはないと思っている。ゆすり、たかりぐらいはやっているだろうが、被害の報告が、一件も出ていないんだ。残念ながらね」

と、中村はいった。

「仕方がない。次善の方法をとるよ」

と、十津川はいい、すぐ上司の三上《みかみ》刑事部長に、電話をかけた。

「愛知県警に、協力要請をしてください。二三時四七分名古屋発のブルートレイン〈さくら〉に、県警の刑事を何人か乗り込ませてほしいのです。〈さくら〉は、〈はやぶさ〉と連結していて、名古屋で、仁科が、どちらの列車に乗っているかわかりません。切符は、〈さくら〉で長崎までのものを買っていると思いますが、鳥栖で分離するまで、〈はやぶさ〉のロビーカーにいるかもしれません。今の時点で、仁科を逮捕はできませんので、名古屋から乗り込んだSS会の三人から守ってほしいのです」

「君たちは、何処から〈さくら〉に乗るんだ？」

「京都からです。それまでの区間は、愛知県警にお願いせざるを得ないのです」

「わかった。すぐ、愛知県警に連絡しよう」

〈さくら〉・〈はやぶさ〉列車編成

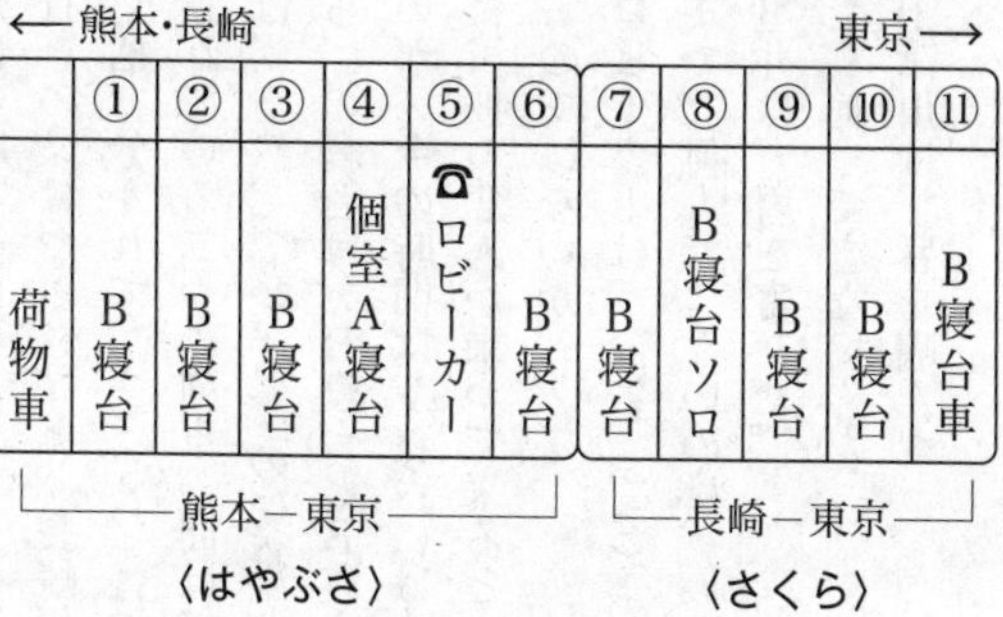

「SS会の三人は、ボスの大川原と、平山勝、もう一人は名前もわかりません。四課にこの二人の顔写真をもらって、仁科の写真と一緒に、愛知県警に送ってください」

と、十津川はいった。

これで、愛知県警は、何名かの刑事を、名古屋から、〈さくら〉に乗車させてくれるだろう。

七分後、三上部長から、連絡が入った。

「愛知県警に協力要請した。向こうは、三名の刑事を、名古屋から、〈さくら〉に乗車させてくれるそうだ。ただ、不満は持っている。仁科も、SS会の三人も、逮捕できずに、見守っていなければならないということをだよ」

と、三上はいった。

「わかりますが、仕方がありません」

と、十津川は、いうより仕方がなかった。

十津川たちの乗った〈のぞみ95号〉は、浜松《はままつ》を通過した。

十津川は、時刻表にある〈さくら〉の編成図を見た。

熊本行きの〈はやぶさ〉と、長崎行きの〈さくら〉とは、九州の鳥栖まで連結されて走り、鳥栖で分かれて、〈さくら〉は長崎に向かう。

連結されている二つの列車の間は、通路がつながっていて、行き来は自由だ。

仁科は、当然、〈さくら〉の切符で、乗っているだろう。

〈さくら〉の寝台は、B寝台とB寝台ソロに分かれている。どちらの切符を買ったかわからないが、今の時間は、寝台にはまだ入っていないだろう。

それに、彼の恋人が乗って来るとすれば、しばらくは、ゆっくりくつろげるロビーカーにいるのではないか。

そのロビーカーは、〈はやぶさ〉の方についている。

「京都まで、何もできないのは、いらいらしますね」

と、亀井は、眉を寄せた。

「そうだ。何もできないんだ」

と、十津川は、唇を噛んだ。

6

　愛知県警名古屋中署では、〈さくら〉に乗り込む三名の刑事が、捜査一課長から、説明を受けていた。

　小池《こいけ》警部
　滝《たき》　刑事
　秋山《あきやま》刑事

の三人の刑事である。

　三人には、仁科芳男と、SS会の大川原英介、それに平山勝の三人の顔写真が、渡された。

「あと一人、SS会の人間がいるが、この男については名前も顔写真もないということだ」

　と、一課長の南村《みなみむら》は、説明した。

「今度の仕事は、正直にいって、あまり面白いものじゃない。事件は、今日の午後、東京で起きた。仁科芳男は、友人二人と歩いていて、SS会のチンピラ二人とケンカをし、一人を刺し殺してしまった。仁科は、そのあと、東京駅から、長崎行きの〈さくら〉に乗って、逃亡した」

「それなら、われわれで彼を見つけ次第、緊急逮捕して、それで終わりでしょう」

と、小池がいった。

「仁科には逮捕状が出ていないし、彼が殺した証拠もない。一緒にいた友人の一人は、殺したのは自分だと主張している」

「では、われわれは、何をすればいいんですか？」

と、小池はきいた。

「だから、面白くない仕事といったはずだ。SS会の三人は、仲間を殺されたというので、〈さくら〉に名古屋で乗り込み、仁科を殺す恐れがあると、警視庁はいっている」

「話は簡単じゃありませんか。SS会の三人を逮捕するか、〈さくら〉から放り出してしまえば、それで解決でしょう」

と、小池がいった。

「ところが、SS会の連中が、〈さくら〉の車内で仁科を殺すというのは、あくまでも推測であって、確固とした証拠があるわけでもないんだ。また、SS会の三人は、逮捕するだけの犯罪も起こしてはいないんだ」

「じゃあ、われわれは、何をすればいいんですか?」

小池が、また、きいた。

「〈さくら〉に乗り込んだら、まず、仁科芳男を探す。〈さくら〉は、熊本行きの〈はやぶさ〉と連結しているから、両方の車両を探してくれ。ただし、今いったように、仁科を見つけても、逮捕も拘束もしてはいけない。ただSS会の三人が、仁科に対して、何かしないか見張るんだ。彼らが、仁科に対して、危害を加えようとしない限り、逮捕もできないし、拘束もできない」

「ただ、見張っているだけですか。〈さくら〉から放り出すこともできないんだよ」

「確かに、面白くない仕事ですね」

と、小池が、憮然とした顔で、いった。

「そのとおりだ」

と、南村は肯いた。

最初、警視庁から協力要請があった時、県警本部長は、少なくとも、五、六人の刑事を、乗り込ませる気になっていた。

東京で殺人事件が起き、犯人がブルートレイン〈さくら〉で、逃亡したという話だったからである。

名古屋で、〈さくら〉に乗り込み、見つけ次第、逮捕してくれという話かと思ったからである。それなら、万一に備えて、数人の刑事を乗り込ませようと考えたのだ。

ところが、よく聞くと、その男には逮捕状も出ていないし、殺したという証拠もないのだという。その上、東京には、自分が殺したと主張している男がいるというのだ。また、SS会という組織の男三人が、新幹線で追いかけて来て、名古屋で、〈さくら〉に乗り込むから警戒してくれというが、この三人も、手を出すまでは、逮捕も拘束もできないという。

それで、本部長は、〈さくら〉に乗り込ませる刑事を、三人に減らしてしまったのである。

「要するに、眼を大きくあけて、見張っていろということなんだ」

と、南村はいった。

「この面白くない仕事を、いつまで続ければいいんですか？」

と、滝刑事がきいた。

「警視庁捜査一課の連中は、現在、〈のぞみ〉でこちらに向かったそうだ。ただ、名古屋では〈さくら〉に追いつけないので、連中は、京都で乗り込むといっている」

と、南村はいった。

「それでは、京都で交代ですか」

と、小池がいった。

「たぶん、そういうことになるだろうな」

「名古屋から京都まで、〈さくら〉だと、何分かかるんですか?」

と、秋山刑事がきいた。

「時刻表では、一時間五十分だ」

「では一時間五十分の子守りですか」

と、小池はいった。

7

K病院の消灯時間は、午後九時である。

しかし、三階の病室に入っている青木と中川は、とても眠れるものではなかった。

中川がナースセンターで借りて来た時刻表を、二人で、何回も見直していた。

「仁科は、間違いなく、〈さくら〉に乗ったんだろうね?」

青木が、自問するように、いう。

「時間には間に合ったはずだよ」

と、中川が、時刻表を見て、いった。

「仁科の彼女は、京都で乗り込んでくるはずだから、二人で、無事に長崎に着いて、船に乗り込めればいいんだが」

「船は、何時に出港だといっていた?」

「明日の午後七時半に出港の予定だと、仁科はいっていた」

「仁科が、〈さくら〉に乗ることを、誰にも知られなければいいと、思ったんだがな」

と、中川がいった。

「さっき来た刑事の話だと、SS会の連中が、先に気づいて、〈さくら〉を新幹線で追いかけたらしい」

「当然、刑事も、追いかけるだろう」

「たぶん、SS会の連中の方が、先に名古屋あたりで、〈さくら〉に追いつくな」

と、青木はいった。

「仁科の奴、大丈夫かな」

「大丈夫と思うより仕方がないよ。今のボクたちは、どうしようもないんだから」

「そうだな」

と、中川は肯き、立ち上がって、窓のところへ近寄った。

「まだ、ベンツが、とまっているか?」

と、青木がきいた。

中川は、窓の外に眼をやって、

「ああ。通りの向こうに、とまっているよ」

「しつこい連中だな」

「ボクたちみたいな素人に、仲間を殺されて、頭に来てるんだろう。それに、ボクと君も、仁科の仲間だから、連中は許せないと思っているんだと思うね」

と、中川はいった。

「それで、まず、仁科を見つけて殺し、そのあと、ボクと君を、痛めつける気かな」

「そんなところだろう」

「刑事は、仁科を助けたかったら、彼がＳＳ会の一人を殺したと証言しろと、いってたな」

「刑事は、仁科を刑務所へ放り込む気だよ」

と、中川はいった。

「刑務所の中で、無事だって仕方がないよ。仁科の夢は、カンボジアあたりで、向こうの人間のために、井戸掘りをしたり、学校を建てたりすることなんだから。その夢をかなえさせてやりたいんだ」

と、青木はいった。

「ボクもだよ」

と、中川もいった。

「あと十二分で、十時五十分になる」

と、青木が、腕時計を見て、いった。

第三章　二二：四七　名古屋

1

　ＳＳ会の大川原たち三人の乗った〈ひかり245号〉は、名古屋に、二二時四〇分に着いた。

　問題のブルートレイン〈さくら〉の名古屋発は、二二時四七分である。

「七分しかないぞ。急げ！」

　と、大川原は、平山ともう一人の前田に、短く、いった。

「〈さくら〉は、何番線です？」

　前田が、甲高《かんだか》い声できく。

「四番線だ。バラバラに行け」

「なぜです？」

「刑事《デカ》がホームにいる」

「警視庁が、先廻りしてるっていうんですか？」

平山が、眉をひそめて、大川原を見た。

「本庁の刑事じゃない。愛知県警の刑事だ。おれたちに先廻りされた本庁の連中は、県警に応援を頼むはずだからな」

「おれたちを、逮捕する気ですかね？」

前田がきく。

大川原は、ニヤッと笑って、

「おれたちは、仲間を殺された被害者なんだ。何処の世界に、被害者を捕まえる刑事がいる？」

〈ひかり245号〉が、名古屋駅のホームに停まると、三人は、別々の車両から飛び降りて、四番線ホームに向かった。

二人の男が、走っていく。大川原は、一歩おくれて、大股に歩いていく。

大川原の身体を、今、軽い興奮が包んでいた。

彼の趣味は、射撃だった。いや、もっと好きなのは、狩りである。

小さな的を狙うエア・ライフルも、嫌いではない。しかし、標的が動かないから、あきてくる。

その点、ショットガンで土器《かわらけ》を狙うクレー射撃の方が、面白い。

標的が、動くからだ。

だが、これもあきてくる。標的の素焼きの皿が、意志を持たないからだ。

ここには、獲物との駈け引きがない。

その点、狩りには、標的の獲物との駈け引きがある。

時には、相手が、反撃に転じてくることもある。

その緊張感がたまらなくて、大川原は、金を貯めては、何回か、アフリカに狩りに出かけていた。

そして、今度の標的は、人間である。

しかも、若い男だ。

それに、警察の妨害が予想されているから、その妨害をかいくぐって、殺さなければならないのだ。

（スリル満点だ）

退屈な人生の中で、久しぶりに戦う興奮を感じていた。

ただ、相手を殺すだけなら、これほど興奮は感じない。今回は、警察を出し抜くことが要求されているから、興奮するのだ。

ただ、一方で、大川原は、冷静でもあった。たかが、若いサラリーマン一人を殺せばいいことなのだという気持ちもある。

一緒に連れてきた平山と前田は、やたらに興奮してしまっている。

平山は黙っているが、何処から手に入れたか、拳銃を内ポケットに隠しているのを、大川原は、知っていた。

前田の方は、ナイフだ。

大川原は、何も持っていない。いつも、そうだ。せいぜいナイフである。

特に、今回のように、サラリーマンを殺すのは、素手で十分だろう。問題は、奴を守っている刑事たちの扱いだ。それには、拳銃より頭を使わなければならない。

四番線ホームに、下りて行く。

がらんとしたホームに、人影は、ほとんど見えなかった。

だが、線路をへだてた七番線から十三番線の、中央線や関西線のホームは、乗客でいっぱいだった。この時間では、まだ、通勤客たちの帰宅が続いているのだろう。

大川原は、素早く、四番線ホームを見廻した。

まだ、ブルートレイン〈さくら〉は、姿を見せていなかった。

ホームの先端では、駅員五、六人が、荷物の束を区分けしていた。

大川原の視線が、止まった。

ホームの中ほどに、三人の男が、ひとかたまりになって、列車を待っているのが、見えたからである。

一見すると、普通の若い男たちにしか見えない。Tシャツにジーンズ、スニーカー。白のTシャツもいれば、オレンジのTシャツもいる。ショルダーバッグを提げている者もいれば、何も持たない人間もいる。

一人は、携帯電話をかけている。

ありふれた若者たちだが、大川原は、三人の身体が持つ匂いみたいなものを感じ取った。

間違いなく、あの三人は、刑事だ。

(愛知県警の刑事《デカ》か)

だが、三人とは少ないなと、思った。

本庁と、各県警は、昔から仲が悪いといわれているから、今度も本庁からの要請があっても、三人の刑事しか出さなかったのか。

自然に、大川原の口元に、笑いが浮かんでくる。

(三人で、守れると思っているのか?)

ホームには、他に、間違いなく普通の乗客と思われる数人と、平山と前田がいるだけだった。

乗客は、家族連れだった。

明日は、お盆だから、家族で九州に帰るのか。

ブルートレイン〈さくら〉が、入って来た。

2

昔なつかしい青い車体が、ゆっくり、ホームに入ってくる。

（十五、六年ぶりだな）

と、思った。

確か、中学三年の夏だった。母方の田舎が鹿児島で、ブルートレイン〈はやぶさ〉に乗って出かけた。当時、〈はやぶさ〉は、今のように、〈さくら〉と併結ではなく、行く先も熊本ではなく、西鹿児島だったような気がする。

サラリーマンの父と、共働きの母が、なぜ、ブルートレインで鹿児島へ行くことを思い立ったのかは、わからない。たぶん、子供とのつながりを強くしようと考えたのだろう。

だが、その後、大川原は、暴走族の仲間に入り、リーダーになり、今、両親とは音信不通である。

あの時と、まったく同じ車両だった。

ただ、今は、〈はやぶさ〉六両と、〈さくら〉五両が併結されている。

三人の刑事は、6号車から乗り込んでいく。

平山と、前田は、大川原にいわれたとおり、バラバラに乗車した。

大川原は、発車のぎりぎりまで、ホームにいた。

ひょっとして、標的の仁科という男が、危険を感じて、発車寸前に、飛び降りるのではないかと思ったからだった。

〈さくら・はやぶさ〉は、三分停車のあと、二二時四七分、定時に名古屋駅を発車した。

誰も、発車間際に、ホームには降りなかった。

大川原は、最後尾の11号車に乗り込み、先頭の1号車に向かって、ゆっくり通路を歩いて行った。

中学三年の時、初めて両親と乗ったブルートレインは、大きくて豪華だった。

しかし、十数年ぶりに乗るブルートレインの通路は、狭くて、天井が低い。

だが、夜行列車のなんともいえない匂いと、雰囲気は好きだった。

11、10、9号車は、上下二段のB寝台である。

まだ、十二時前なので、寝てしまっている乗客はほとんどなくて、カーテンを開け、おしゃべりをしたり、ビールを飲んだりしている。

子供が、ジュラルミンのハシゴで、上のベッドに上がったり、下りたりしている。

昔の大川原も、同じことをしたものだった。

通路で、手すりにもたれて、車窓の外の夜景を黙って見ている若いカップルもいた。

大川原は、微笑しながら見ていくのだが、眼は、抜目なく、仁科の姿を探していた。

8号車は、B1個室寝台である。

上下に分かれて、十八の個室が並んでいる。仁科が、この個室に入って、終点の長崎まで出て来ないとなると、その途中で、見つけて殺すのは難しいだろう。

中から、鍵がかかるからだ。

しかし、長崎まで、ここからでも十四時間以上かかるのだ。

個室の中には、トイレはない。十四時間の間に、一回か二回は、トイレに行くだろう。

その時に、狙えばいい。

9号室のドアが開いた。平山が、顔を出した。

「狭いけど、やたらに合理的に出来た部屋ですよ」

と、平山がいう。

「酒を飲んで、眠るなよ」

「牧田の仇を討つまでは、眠りやしませんよ」

と、平山が息まく。

大川原は、その肩を軽く叩いてから、先へ進んだ。

この車両のトイレにいちばん近い、1号室のドアを叩いた。

前田が、顔を出した。

「長崎まで眠るなよ」

「兄貴は、何号室です？」

「おれは、〈はやぶさ〉の個室にいる」

と、大川原はいった。

「〈はやぶさ〉の方ですか？」

「〈さくら〉と〈はやぶさ〉は、九州の鳥栖までくっついて行くんだ。仁科の奴は、用心して、鳥栖まで、〈はやぶさ〉の方に乗って行くかもしれないからな。おれの部屋は、4号車A1個室の10号室だ。用がある時は、二度続けて、ノックしろ」

と、大川原はいった。

「この部屋で、壁と向き合っていると、いらいらしてくるんですが」

「それなら、5号車がロビーカーだから、しばらく、そこでのんびりしていろ。長崎まで、あと十四時間もあるんだ」

と、大川原はいった。

連絡板を踏んで、次の7号車へ入る。ここも、B寝台の二段ベッドだ。素早く見ていくが、仁科と思われる男の顔はない。

次の6号車から、〈はやぶさ〉になる。6号車が、〈はやぶさ〉の最後尾に変わる。

ここも二段のB寝台。

次の5号車が、ロビーカーだった。

いくつかのソファと椅子が、互いちがいに、車窓に向かって並んでいる。

端に電話があって、大川原が入った時、三十代の女性が、電話をかけていた。
五、六人の乗客が、思い思いに腰を下ろしている。
しかし、仁科はいなかったし、名古屋で乗った三人の刑事の姿もなかった。

大川原は、ひとまず、先頭車両まで、見て廻ることにした。

4号車は、A1個室で、通路に面して、十四の個室がずらりと並んでいる。

大川原は、さらに先に進んだ。

3号車から1号車までは、二段ベッドのB寝台である。

2号車へ入った時、眼つきの鋭い男二人とすれ違った。

名古屋で乗った三人の刑事のうちの二人だった。たぶん、大川原と同じように、この列車の端から端まで、一応、見て廻っているのだろう。

大川原は、1号車へ入った。

その先に、荷物車が連結されていて、さらに、その先に、この列車を牽引《けんいん》している電気機関車があるのだ。

念のために、荷物車の扉を調べたが、鍵がかかっていた。

大川原は、4号車に戻ると、10号室の個室を開けて、中に入った。

平山の言葉ではないが、狭いが合理的に作られた部屋である。

幅一メートルほどの寝台があり、その上に毛布、枕、それに寝巻がきちんと重ねて置かれていた。

大川原は、寝台に腰を下ろし、煙草をくわえて、火をつけた。

あらためて、室内を見廻す。

鏡がついている。

小さいが、荷物を入れる棚もある。

寝台の枕元には、車内灯、読書灯が並び、エアコンのスイッチもついている。

可愛らしい屑籠。

スリッパ。

窓際に、白い陶製のようなテーブルがあり、その蓋《ふた》を開けると、洗面台になっていた。

コップも、石鹼もついている。

通路側の扉を開けたままにしておいたので、通り過ぎる乗客が、ちらっとのぞいていく。

大川原は、わざとそのままにして、寝台に横になった。

車掌が、検札に来た。

そのあと、車内放送があった。

「おやすみのさまたげになるといけませんので、これから明朝の六時まで、車内放送を控えさせていただきます」

と、いう。

それまでの停車駅の順番も放送された。

寝たまま、大川原は、新しい煙草に火をつける。

「明日の一三時五分か」

と、呟く。

長崎の到着時刻である。

(長いな)

と、思った。逃げる仁科という男にとっても、長い時間だろう。

十一時を過ぎると、大川原は、むっくりと起き上がった。

間もなく、岐阜に着くからだった。

仁科は、大川原たちからも、警察からも、追われている。

追われるけものは、敏感なものだ。

名古屋で、大川原たちと、愛知県警の刑事が、乗り込んだ。

二組の狩人だ。

それを仁科が感じ取って、次の岐阜で、あわてて降りてしまうことも、十分に考えられるのだ。

岐阜に停まると、大川原は、出入口から身を乗り出すようにして、ホームを見渡した。

ホームには、人影はない。ここから乗ってくる人間もいないし、降りる乗客もいなかった。

大川原が笑ってしまったのは、10号車あたりの出入口で、同じように身を乗り出して、ホームを見廻している男がいたことだった。

明らかに、愛知県警の刑事の一人に違いなかった。

目的は、大川原と同じだろう。

二三時九分、何事もなく、〈さくら・はやぶさ〉は岐阜を発車した。

3

愛知県警の小池警部は、10号車のデッキで、壁にもたれるようにして、煙草をくわえた。

ずっと禁煙していたのだが、今夜、名古屋駅でセブンスターを買ってしまった。

命令が、ややこしかったからだ。〈さくら・はやぶさ〉の車内で、仁科という男と、SS会の三人を見つけ出せという。そのくせ、見つけても、逮捕も拘束もするな。ただ、事件が起きないように、見張っていろというのだ。

こういう仕事が、いちばん疲れる。

小池は、百円ライターで、煙草に火をつけた。

何カ月ぶりかに吸う煙草だった。

仁科という男は、まだ、見つかっていないが、SS会のリーダーの大川原という男は見た。

〈はやぶさ〉の2号車の通路で、すれ違った男は、間違いなく大川原だと、小池は確信していた。

妙に落ち着いた感じの男だったと思う。まだ若いのに、何度も、修羅場《しゆらば》をくぐり抜けてきたような顔をしていた。

小池は、煙草をくわえたまま、腕時計に眼をやった。

京都まで、あと三十分近くある。

そこまでは停車しないし、京都からは、警視庁の刑事が乗り込んでくるはずだから、それまでに、仁科を見つけておけばいいだろう。

小池は、携帯で、部下の滝刑事を呼び出した。

「今、何処だ？」

「7号車です」

「秋山も一緒か？」

「そばにいます」

「今から十分したら、二人で、〈はやぶさ〉の先頭車両まで調べて来い。仁科は、〈はやぶさ〉の方に乗ってるかもしれないからな」

と、小池はいった。

「〈さくら〉の方は、どうしますか？」

「こっちは、おれが調べる」

と、小池はいった。

煙草を消すと、小池は、最後尾の11号車へ入って行った。

二段B寝台車である。

カーテンを閉めて、寝てしまった乗客は、ほとんどいない。

夜行列車に乗ると、妙にはしゃいでしまって、なかなか、寝つかれないのだろうか。たいていのコーナーで、乗客が向かい合って腰を下ろし、トランプをやったり、おしゃべりをしたり、あるいは、黙ってイヤホーンで音楽を聴いたりしている。

子供は、相変わらず、ハシゴを昇り降りしたり、通路を駈け廻っている。

B寝台車の車両は、わりと楽に見て廻れたが、問題は、8号車だった。

B1個室の場合、通路に面したドアが開いていればのぞけるが、ドアが閉まり、その上、ドアの窓がカーテンでふさがれてしまっていると、中に誰が乗っているかわからない。

小池は、7号車の乗務員室をノックして、車掌に協力してもらうことにした。

東京から乗ってきた主任車掌は、井本《いもと》という名前だった。

小池は、警察手帳を見せた。

警視庁から送られてきた仁科芳男の顔写真を見てもらって、

「この男を探しているので、協力してほしいのです」

「逮捕するんですか?」

「いや。この列車に乗っているかどうかを確かめたいだけです。8号車は個室なので、警察手帳を突きつけて調べると、騒ぎになってしまう。それで、車掌のあなたに調べてもらいたいんです」

「どうしたらいいんです? 検札は、もうすませてしまっていますが」

「ドアをノックして、この男かどうか調べてください。違っていたら、難しい名前をいって、伝言が届いているといえば、納得するでしょう」

と、小池はいった。

井本車掌は納得して、端から、閉まっているドアをノックしていった。

「都留目《つるめ》さんですか？　東京から、伝言が届いているのですが」

「違いますよ」

と、相手はいう。

こうやって、次々に、室内の乗客を確認していった。

部屋にいない乗客もあった。トイレか、ロビーカーに行っているのだろう。

結局、8号車に仁科は乗っていなかった。

小池は、車掌に、礼をいってから、

「〈はやぶさ〉の方にも、個室寝台がありましたね？」

「4号車が、A1個室です」

「そちらも、協力していただけませんか」

と、小池は頼んだ。

デッキで、小池は携帯を滝にかけた。

「今、何処だ？」

「〈はやぶさ〉の先頭車から見て来て、今、2号車ですが、4号車の個室は、どうしますか？　警察手帳を見せて、ドアを開けさせますか？」

「いや。4号車は、おれが車掌に協力してもらって、おだやかに調べるから、飛ばしていい」

と、小池はいった。

4

滝と秋山の二人の刑事は、4号車を飛ばして、5号車のロビーカーに入った。

さすがに、ロビーカーで休んでいる乗客の数は、三人ほどに減っていた。

バラバラに離れて、ソファに座り、缶ビールを飲んだり、煙草を吸ったりしている。

二人の刑事は、その一人一人の顔を見ていった。

真ん中あたりのソファに、男の乗客が寝ていた。

正確にいえば、俯《うつぶ》せに転がっていたのだ。

前のテーブルに、ウイスキーの小びんが置かれていたから、二人の刑事は、酔っ払って寝てしまっているのだと思った。

「しようがねえな」

と、苦笑して、通り過ぎようとしたが、滝が、

「仁科かもしれないぞ」

と、いった。

それで、二人の刑事は、男の肩を叩いて、

「大丈夫ですか？」

と、声をかけた。

男は、返事をしない。

「大丈夫ですか？」

と、滝は、声を大きくしてみたが、同じだった。

秋山の方が、急に険しい眼になって、男を抱き起こした。

とたんに、男の顔が抵抗なくのけぞり、伸びた。男ののどから、ぱっと血が噴き出した。

今まで、俯せの姿勢でのどが圧迫されていたために、血がぐじゅぐじゅとしか出ていなかったのだ。

二人の刑事が、声にならない悲鳴をあげた。

血に驚いたのではない。突然の展開に驚いたのだ。

「車掌を呼んで来てくれ」

と、滝がいった。

秋山は、ロビーカーを飛び出したが、通路で、〈さくら〉の方から来た小池と鉢合わせになった。

「どうしたんだ？」

と、小池がきく。

「ロビーカーで、人が死んでいます」

「仁科芳男か？」

と、小池が、大声できいた。

「たぶん、違うと思います。それで、車掌に知らせようと」

「こちらが、主任車掌の井本さんだ」

と、小池はいってから、大股に、ロビーカーに入っていった。

死体のそばには、滝刑事が仁王立ちになって、乗客が近づくのを制止していた。

ロビーカーにいた三人の乗客は、遠くから、こわごわと見ていた。

「乗客を外に出して、誰も入れるな！」

と、小池は、二人にいった。

そのあと、小池は、男を見すえた。

血が、まだのどの辺りから流れ出ている。顔は、血の気を失って、白茶けて見えた。

「血を止めたいので、手拭かタオルがあったら、何本か持って来てください」

と、小池は、車掌にいった。

車掌が、数本の手拭を持って来た。小池は、それを、男ののどに巻きつけていった。
なんとか血が止まると、車掌に、
「間もなく京都ですが、京都に、救急車を待たせておくように手配してください」
と、頼んだ。
そのあとで、もう一度、死体を見つめた。
(仁科芳男ではないな)
と、思った。
それで、小池は、少し、ほっとした。
のどの傷は、短剣かナイフか、カミソリで切ったものだろう。
周囲を見廻したが、ナイフもカミソリも、見つからなかった。
(殺人か)
と、口の中で呟いた。
(面倒なことになりそうだな)
とも、思った。
死体は、夏ものの背広を着ている。ネクタイはしていない。
金のネックレスに、金のブレスレット。
小池は、男の背広のポケットを探った。

内ポケットに、運転免許証があった。

東京都豊島区池袋×丁目

コーポ富士見306　前田幸平《こうへい》

と、ある。

年齢は、二十七歳。

他に、背広にバッジがついていた。

SSのローマ字のバッジである。

（SS会の人間なのか）

小池の顔が、いっそう険しくなった。

警視庁から、SS会の連中が三人、仁科芳男を追いかけているから、用心してほしいといわれていたのである。

その中の一人が、仁科を見つけて襲いかかったが、逆に殺されてしまったということなのだろうか？

列車が、トンネルに入った。

東山《ひがしやま》トンネルだった。

「まもなく、京都です」

と、井本車掌がいった。

5

十津川たちは、六番線ホームで、ブルートレイン〈さくら・はやぶさ〉を待っていた。

まだ、車内で何も起きていないらしいので、安心していた。

あと、三分で、到着するという時になって、突然、ホームに、救急隊員が担架を持って現われた。駅の助役も、ついてきた。

「どうしたんです？」

と、十津川は、助役にきいた。

「よくわかりませんが、ブルートレインの〈さくら・はやぶさ〉から緊急連絡で、車内で事故があったので、ホームに救急隊を待たせておいてくれというんですよ」

と、助役がいった。

「どんな事故ですか？」

「それが、はっきりしないのです。とにかく、救急車を頼むということなので」

「列車のどの辺りですか？」

「5号車の附近に、救急隊を、ということです」

「5号車というと、〈はやぶさ〉の方ですね」

「ロビーカーです」

と、助役はいった。

十津川たちも、ホームの5号車の辺りに移動した。

「何があったんですか?」

亀井がきく。

「事故があったというが、本当のところはわからん」

十津川がいっている間に、列車が、ホームに入って来た。

すでに午前零時を過ぎて、他のホームも、ひっそりとしている。

六番線ホームだけが、緊張していた。

列車が停車すると、まず、二人の救急隊員が担架を持って乗り込み、それに十津川たちが続いた。

ロビーカーの入口は、愛知県警の刑事がガードしていた。

その脇をすり抜けるようにして、十津川たちは、中に入って行った。

救急隊員二人が、ソファに横たわっている男の脈をとったあと、十津川に向かって、小さく首を横に振ってみせた。

愛知県警の小池が、十津川に説明した。

「列車内を捜査中に、うちの滝と秋山の二人が、このロビーカーで、ソファに俯せに倒れている男を見つけて、大丈夫かと声をかけたことで発見したのです。男は、背広にSSのマークのバッジをつけていて、名前は、前田幸平です。年齢は二十七歳。鋭利なナイフかカミソリで、のどを掻《か》き切られています」

「そのわりに、周囲に血が飛び散っていませんね。ソファには、血だまりがありますが」

と、十津川がいった。

「犯人は、のどを掻き切ってから、俯せに、被害者の身体を強く折り曲げて、去ったんだと思います。それで、のどが圧迫され、傷口がふさがれた形になって、血が噴き出さなかったんだと思います」

それを、刑事が引き起こしたので、突然、血が噴き出したのだと、小池はいった。

「すると、犯人は、こんなことに慣れた人間ということになってきますね」

「かもしれないし、偶然、そうなったのかもしれません」

「目撃者はいるんですか？」

「それが、皆無です」

「しかし、まだロビーカーに、乗客がいる時刻なんじゃありませんか？」

と、十津川はいった。

「それが、三、四人の乗客がいたと思うんですが、誰一人、凶行に気づいていないのですよ。つまり、犯人は、被害者のそばに座っていて、声をたてさせないように口を押さえ、素早く、のどを掻き切ったものと思われます。だから、誰も気づかなかったんじゃありませんか」

「やっぱり、犯人は、殺しに慣れた人間ですよ」

と、十津川はいった。

「しかし、SS会の人間は、仁科芳男を追いかけて来たんでしょう？　とすれば、この男も、SS会の人間で、仁科を見つけ、殺そうとして、逆に殺されてしまったんじゃないですかね」

小池が、自説を押し出してくる。

「まもなく発車ですが、死体を、ホームに降ろしていいですか？」

救急隊員が、十津川と小池の二人に、きいた。

「次は、大阪でしたね？」

と、十津川が、車掌にきいた。

「そうです。三十分で着きます」

「申しわけないが、大阪で降ろしてください」

と、十津川は、救急隊員にいった。

「じゃあ、大阪まで乗って行きます」

「われわれも、同行しますよ」

と、小池もいった。

列車が、京都駅を出た。

十津川たち四人と、愛知県警の三人は、ロビーカーにとどまり、その車両が、臨時の捜査本部になった。

「仁科芳男は、見つかりましたか？」

十津川が、小池にきいた。

「いや、まだ、見つかっていません。ＳＳ会のボスの大川原とは、〈はやぶさ〉の通路ですれ違っています。これは間違いありません」

と、小池がいう。

「彼は、何号車にいるか、わかりますか？」

「〈さくら〉の方には見当たりませんから、たぶん、〈はやぶさ〉の方だと思います」

と、小池はいった。

「どうしますか？」

亀井がきいた。

「今は、放っておこう。大川原を見つけるより、仁科を先に見つけ出したい」

と、十津川はいった。

「ロビーカーで殺人事件が起きたことは、どうしますか？」

小池が十津川にきくと、車掌の井本が、

「今、車内放送で知らせたりすると、パニックになってしまいますから、できれば、終点の熊本と長崎に着くまで、何も放送しないですませたいのですが」

と、いった。

「では、車内放送は、なしにしましょう」

十津川がいった。

「それから、大阪で遺体を降ろしてからは、このロビーカーの通行も自由にしてください。通行止めが続くと、乗客が不審がりますから」

井本車掌がいった。

十津川は、小池と相談してから、

「わかりました」

と、肯いた。

大阪まで、ロビーカーの二つの出入口には、

〈故障中、しばらく、通り抜け禁止〉

の貼紙を出した。

6

「これからどうするかを、考えたいと思います」

十津川は、相談するように、小池を見た。

「これは、あくまでも、警視庁の事件ですから、十津川さんが指揮してください。われわれは、協力しますよ」

小池がいった。

「しかし、前田幸平が殺された時に、そちらがこの列車にいたわけですから、捜査権は、愛知県警にあると思いますが」

「では、協力してやりましょう。私としても、前田殺しの犯人は、自分たちの手で捕まえたいですからね」

と、小池はいった。

そのあと、小池は付け加えて、

「十津川さんは、犯人は殺しに慣れている人間といわれた。殺しのプロということでしょう？　しかし、動機を考えると、前田は、ボスの大川原と一緒に、この列車に乗っている仁科芳男を、追いかけて来たんでしょう。とすれば、その仁科が、逆襲して、前田を殺したと考えるのが、自然じゃありませんかね」

と、自説を口にした。

「しかし、仁科は、われわれの調べたところでは、平凡なサラリーマンで、青年海外協力隊に志願して、海外で、井戸を掘り、学校を建てようとしている男です。とても、殺しのプロといえるような人間じゃありません」

「しかし、SS会の男を一人、殺しているわけでしょう？」

「それは、争っている間に、相手のナイフで、腹を刺してしまっただけです」

「それなら、今度も同じかもしれません。仁科は、SS会の連中に追われていることは知っているわけだから、ブルートレインに乗る前に、護身用にナイフを買っていたことだって、十分に考えられますよ。ロビーカーで前田に捕まった時、夢中でそのナイフを振り廻して、偶然、それが、相手ののどを掻き切ってしまった。あわてた仁科は、前田の身体を突き飛ばしたが、それで、前田の身体はソファに俯せに倒れ、のどが圧迫され、血が止まった。考えられないことじゃありませんよ」

なんとしても、犯人を、仁科芳男と決めつけてしまおうとしているように思えた。

確かに、このブルートレインを舞台にして、追いかけるＳＳ会の連中と、逃げる仁科芳男がいる。

そして、追いかけるＳＳ会の一人が、ロビーカーで殺された。

となれば、誰もが、犯人は仁科芳男と考えるだろう。

小池も、常識的な結論を口にしているだけなのだ。

「しかし、仁科が、こんなに見事に、ＳＳ会の一人を殺せるとは、私にも思えません」

と、亀井がいった。

小池は、亀井を見すえて、

「じゃあ、誰が前田を殺したというんですか？　まさか仲間の男や、ボスの大川原が殺したというんじゃないでしょうね？　仲間割れを起こして」

「ＳＳ会の三人が仲間割れを起こしたとは、思っていません。連中は、仲間の仇を討つことに夢中で、仲間割れは起こさないと思います」

と、亀井はいった。

「それなら、犯人は、仁科芳男以外、考えられないでしょう。違いますか？」

小池は、決めつけるように、いった。

結局、容疑者をどう考えるかの結論は、出なかった。

結論は保留にして、今後の捜査を考えることにした。

「私としては、この車内を、パニックに陥《おとしい》れたくはありません」

と、十津川はいった。

「それには、私も賛成です。そろそろ、乗客は眠りにつく頃です。明日まで、その眠りはさまたげたくない」

と、小池もいった。

十津川は、手帳を広げた。そこには、時刻表から書き写した、〈さくら・はやぶさ〉の発着時刻が記されていた。

「ここに、このブルートレインの発着時刻が書いてあります。これによると、午前一時〇九分に大阪を発車したあとは、五時二一分広島まで、停車しません。つまり四時間あまり、この列車は、何処にも停車しないわけです。乗っている人間は、列車から逃げられません。その間に、じっくりと考えようと思います」

と、十津川はいった。

「それはわかりますが、乗客も寝てしまっているんだから、どうやって調べるんです?」

小池が、きく。

「そのことも、相談したいと思います」

と、十津川はいった。

二十分あまりして、列車は、大阪に着いた。

十津川たちは、ホームに降りて、前田の死体が担架で運び出されるのを見守り、同時に、誰かが列車から逃げ出さないかを監視した。

前田の死体が、ホームから消えた。

乗客は、一人も、降りて来なかった。

十津川たちは、列車に乗り込み、発車した。

ロビーカーの前後に貼られていた紙は取り除かれて、血で汚れたソファの上には、車掌が毛布をかぶせた。

十津川は、その毛布の上に腰を下ろし、煙草に火をつけた。

それを見て、難しい顔をしていた小池が、微笑を浮かべた。

「十津川さんも、禁煙できないんですか？」

と、きいた。

十津川は、照れ笑いして、

「禁煙しようと思うんですが、難しい事件にぶつかってしまうと、どうしても、煙草を口にしてしまうんですよ。自分の意志の弱さにあきれます」

「それを聞いて、安心しましたよ」

と、小池がいった。

「小池さんも、同じなんですか？」

「五カ月、いや、六カ月、禁煙していたんですよ。ところが、この列車の中で、二本セブンスターを吸ってしまった。十津川さんと同じで、難しい事件にぶつかると、やたらに煙草が吸いたくなってくるんですよ。そして、吸ってしまった」

と、小池は笑った。

これで、少しだけ、二人の間に生じていた垣根が消えた。

「あなたから、考えていることを話してください」

と、十津川は、小池にいった。

小池が話す。

すでに、午前一時三十分に近く、乗客は、ロビーカーに入って来なかった。

「私は、前田殺しの犯人は仁科芳男と考え、十津川さんは、違うという。別にいるという。そのどちらだとしても、犯人は、今、この列車に乗っているんです。前田が殺されたあと、列車が停まった京都、大阪では、乗客は一人も降りていないからです。一方、犯人探しに、われわれが乗客を叩き起こすことは、車掌にやめてくれといわれています。当然です。JRとしては、無事に乗客を目的地まで届けることが、第一の役目だからです」

と、小池はいった。

「こうなると、われわれの取れる手段は、限られてしまいます。夜が明けて、乗客が起き出してくるのを待って、捜査を開始するか、次の広島に、県警の刑事を何十人も待機させておいて、列車を包囲してしまうかです」

「列車をおさえてしまう？」

「そうです。列車を引込み線に入れ、全員を拘束して調べ、犯人を見つけ出す。それが、いちばん確実な方法だと思いますね」

と、小池はいった。

「それは困ります」

参考意見を聞きたいということで、同席してもらった井本車掌が、口を挟んだ。

「しかし、殺人事件なんですよ」

小池が、眼を光らせて、いった。

「それはわかりますが、明日は、お盆で、いつも以上にたくさんの客が乗っています。子供連れも多いんです。みんなが、郷里《ふるさと》に帰ることを楽しみにしています。その人たちを、広島で、一斉に拘束してしまうというのはどうでしょうか。列車もおさえてしまうわけでしょう。当然、乗客のみなさんは、お盆には帰れなくなってしまいます。ＪＲは、皆さんに切符を売った時から、時間どおりに目的地に着くようにしますと、お約束したわけです。それが実行できないとなると、会社の信用問題になってきます」

「そんなことは、わかっていますよ。何度でもいいますが、殺人事件が起きているんです。非常事態です。そんな時に、時刻表どおりに列車を動かすなんてことは、二の次ですよ。そうでしょう?」

小池は、噛みつくような表情をした。

「殺人事件があったことは、わかります。私自身、殺された乗客を見ています。しかし、犯人は、たった一人でしょう。その一人のために、他の何百人もの乗客が、行動を制限されてしまうのは、困ります。なんとかなりませんか?」

井本車掌も、負けていなかった。

「いいですか」

と、小池がいった。

「たった一人の犯人というが、のどを掻き切って、人を殺した犯人なんですよ。その上、凶器は見つかっていない。つまり、犯人は、まだ、ナイフかカミソリを持って、この列車内にいるんですよ。脅したくはないが、犯人は、また誰かを殺すかもしれんのです。それなのに、のんきにこのまま、列車を動かしていていいものですかね。新しい殺人が起きたら、JRが責任をとってくれますか。私は、広島へ着き次第、列車を引込み線に入れ、全員を拘束して取り調べるといいましたが、広島に着くまで、待つことにも反対なんです。その間に、新しい殺人事件が起きることだって考えられますからね。だから、今から直ちに、乗客全員を叩き起こし、一人一人調べていきたい。そうすれば、広島に着くまでに、犯人を見つけ出せるんですよ」

「乗客は、みなさん、寝ていますよ」

「車内放送で、起こしてください」

「乗客の一人が、殺されたからというんですか？　その犯人は、まだ捕まっていなくて、凶器を持っているとですか。そんな車内放送をしたら、たちまち列車内がパニックになってしまいますよ。その結果、どんな事態が起きると思いますか。今は真夜中です。恐怖は倍加します。一人が、非常ブレーキを引いて、列車を止めて飛び降りたら、次から次へと、夜の暗闇の中に飛び降りていきますよ。本当のパニックが起きますよ」

「そんな事態は、考えにくいですがね。それに、車内放送を抑えたものにすれば、パニックにせずに、捜査は進められるはずだと思っていますよ」

と、小池はいった。

「刑事さんは、この列車の中に、犯人は乗っていると、いわれましたね？」

「殺人事件があってから、誰も降りていないからね」

「としますと、もし、車内放送をして、乗客を一人ずつ調べていくと、犯人は、どんな行動に出るでしょうか？」

と、井本車掌がきく。

「非常ブレーキを引いて逃げ出せば、自ら犯人だと白状したようなものだから、追いかければいいんだ。簡単なことですよ」

「他の非常手段に訴えたら、どうしますか？」

井本がきいた。

小池の顔には、素人が何をいうかという腹立たしさが、はっきりと表われていた。

「犯人が、何をするというんですか？」

と、小池は、じろりと井本車掌を見すえた。

「この列車には、子供さんが何人も乗っています。その子供を人質にとって、何号車か、あるいは個室に立てこもったら、どうされますか？　犯人は、ナイフかカミソリを持っているといわれた。それで、子供を脅すことだって、十分に考えられるんじゃありませんか」

井本車掌がいった。

（確かに、その心配はあるな）

と、十津川は思った。

お盆ということで、乗客に家族連れが多いことは感じていた。子供、特に幼児もいるだろう。その幼児が犯人の人質に取られる不安は、十分にある。

だが、十津川は、井本車掌に賛成とはいわなかった。

それでは、捜査方法について、はっきりと意見が対立してしまうことになると、思ったからである。

十津川が井本に同調したら、小池警部は、ますます意地になって、強制捜査を主張するに違いないと思ったのだ。

小池は、一瞬、眼をしばたたいたが、すぐ、態勢を立て直した。

「そんな真似は絶対にさせませんよ」

と、いった。

「それならいいんですが、万一、ということがありますから。なんとか、犯人を刺激せずに処理できませんか？」

井本車掌がいった。一歩下がったようないい方は、五十代の年の功だろうか。

それで、小池は逆に、当惑した表情になった。

「どうしますか？」

と、相談するように、十津川を見た。

「まだ、広島まで、四時間近くありますから、性急に方針を決めなくてもいいと思います。その間、犯人は、列車から逃げられないんですから。それより、私には、さしあたって心配なことがあるんです。殺されたのは、SS会の人間です。そのSS会の人間があと二人、列車に乗っています。しかも、その一人は、ボスと呼ばれる大川原という男です。となると、彼らは、仲間の一人を残酷なやり方で殺されて、頭に来ていると思います。また、暴走族あがりの彼らが、警察に協力するとも思えません。とすると、考えられるのは、私的な復讐、つまりリンチです」

「誰をリンチするというんですか？」

と、小池がきいた。

「仁科芳男です。SS会の三人は、東京で、自分たちの仲間を、仁科に殺されたことに激怒して、彼を追いかけて、この列車に乗り込んで来たのです。その列車の中で、また一人が殺された。当然、仁科が殺《や》ったと思うでしょう」

十津川がいうと、小池は、眼を大きくして、

「じゃあ、私と同じ意見じゃありませんか。私は、最初から、前田を殺したのは仁科芳男だといっている」

と、大声を出した。

十津川は、首を横にふって、

「私は、前田殺しは、仁科芳男とは思っていないんです」

「しかし、今、犯人は仁科と、断定されたんじゃありませんか？」

小池が、文句をいった。

「私がいうのは、SS会の二人が、犯人は仁科と断定しているはずだということです。

だから、私としては、誤解で仁科を殺させてはならないということなんです」

「だから、どうしたいと、いわれるんですか？」

「SS会の二人、特に、ボスの大川原は、こう考えていると思うのです。広島までの間に、仁科を見つけ出して殺し、広島で逃亡しようとです」

「どうしたらいいんですか？」

と、井本車掌がきいた。

「車内放送しますか？」

「まさか」

と、十津川は笑って、

「そんなことをしたら、何をするかわからない連中です。それこそ、この列車ごと、爆破しかねません。ですから、SS会の二人を、あまり追いつめたくはないのです」

「じゃあ、どうするんです？　それをいってください」

小池は、険しい眼で、十津川にいった。

いらだちが、声の調子に表われていた。

「しばらくは、われわれで手分けして、各車両を警戒したいと思っています。われわれが警戒しているとわかれば、SS会の二人も、無茶な行動には出てこないと思います」

と、十津川はいった。

「しかし、肝心の犯人は、どうするんです。犯人の仁科芳男は、放っておくんですか?」

小池が、納得いかないという顔で、きく。

「すでに眠ってしまった乗客を一人ずつ起こして、顔を確認するわけにもいきません。それで、これも自然にまかせようと思います」

「自然にまかせるというのは、どういうことです?」

「この列車には、〈はやぶさ〉と〈さくら〉に、各々個室寝台がありますが、トイレがついていないので、トイレに立つこともあると思います。その時、刑事が確認します。私は、仁科が前田殺しの犯人とは思いませんが、SS会の二人に、前々から狙われているので、保護したいと思うのです」

と、十津川はいった。

「まるで、他人まかせですな。われわれは何もしないんですか?」

小池が、皮肉ないい方をした。

「無理をして、新しい殺人を引き起こしたくはないんです」

と、十津川はいった。

「うまくいくと思っておられるんですか?」

「いや、そんなに簡単にはいかないと思っています。個室の乗客がトイレに立つのを期待するといっても、朝まで起きないかもしれませんからね。あくまでも、次善の策と承知しています。しかし、私は、主任車掌のいわれるように、乗客をパニックに陥れたくないのです。それで、しばらく、監視を続けて、犯人を押さえ込んでおき、その間に、取るべき方法を考えたいと思うのです」

「警視庁の方らしくありませんね、消極的で——」

と、小池はいった。

「とにかく、SS会の二人を押さえるために、各車両の警戒を始めたいと思います。それは、今すぐ必要です」

と、十津川はいった。

小池はためらっていたが、十津川は、三人の刑事たちを、ロビーカーから出発させた。

それで、小池も、滝と秋山の二人の刑事に、協力して動けと命令した。

二人は、反対側の出入口から、ロビーカーを出て行った。

井本車掌も、乗務員室のある7号車に戻って行った。

ロビーカーに、十津川と小池の二人だけが残されたが、小池も気まずくなったのか、

「私も、手伝って来ましょう」

と、いって、部下の刑事二人を追うように、ロビーカーを出て行った。

十津川一人になった。

急に、静けさが車内を包んだ。単調な車輪の音だけが、聞こえてきた。外は、夜の闇である。時々、遠くの家の灯《あか》りが、車窓をよぎっていく。

煙草に火をつけた時、彼の携帯が鳴った。

上司の本多《ほんだ》捜査一課長からだった。

「車内で殺人事件が起きたと聞いたんだが」

と、本多はいった。

「殺されたのは、前田というSS会の三人の一人です」

「じゃあ、犯人は、仁科芳男か？」

「愛知県警は、そう思っているようですが、私はそうは思っていません。殺し方が鮮やかすぎて、プロの手口と思えるのです」

と、十津川はいった。

「どんな手口なんだ？」

「鋭いナイフかカミソリで、のどを掻き切っています」

「なるほどな。じゃあ、仁科は、まったく関係なしか？」

「私は、そう思うのですが、愛知県警は、動機の持主は仁科しかいないということで、あくまでも、仁科犯人説を主張しています」

「それで、肝心の仁科は、見つかったのかね？」

と、本多がきいた。

「残念ですが、まだ、見つかっていません」

「もう、この時間では、乗客は、みんな寝てしまっているんじゃないのかね？」

「そうです。それで、困っています」

と、十津川はいった。

車窓が、急に明るくなった。

何処かの駅を通過したらしい。

第四章　駈け引きの中で

1

午前二時に近くなっていた。

ロビーカーには、十津川が一人でいたのだが、亀井が戻って来た。

「寝ている乗客を、叩き起こして話を聞くわけにはいきませんから、仁科を見つけ出すのは難しいですね」

と、亀井は、疲れた声でいった。

「となると、乗客が起き出すまで動けないか」

十津川がいった時、男が一人、入って来た。

三十歳前後の男で、真夜中なのに、背広姿だった。

隣りの椅子に腰を下ろして、煙草を吸い始めた。

ＳＳ会の連中でも、仁科でもなかったが、十津川は気になった。

十津川は、煙草をくわえて、近づいて行き、

「火を貸してくれませんか」

と、声をかけた。

男は、黙ってライターを差し出した。

十津川は、それで火をつけてから、

「眠れませんか」

「この列車で、人が殺されたなんて聞いたもんだからね」

と、男はいった。

「不安ですか？」

「いや、不安はない。もう犯人は、この列車に乗っていないからな」

と、男はいう。

「どうして、そんなことがわかるんです？」

十津川がきいた。自然に、詰問するような口調になっていた。

男は、顔色を変えずに、

「犯人は、逃げたからね」

「逃げたって。犯人を知っているんですか？」

「直接、知ってるわけじゃないが、若い男が、大阪駅で、発車間際に飛び降りた。あれが犯人じゃないかと思っている」

と、男はいった。

「私は、誰も降りなかったと思うんだが」

「あれは、デッキで待たずに、4号車の乗務員室に隠れていたんだ。それで、発車間際に飛び降りた。だから、見つからなかったんだと思うね」

男は、冷静な口調で、いった。

「4号車の乗務員室ですね」

「そうだよ」

と、男はいう。

あの時刻、車掌も、事件のあった5号車のロビーカーに来ていた。とすれば、誰が乗務員室に入っても、咎《とが》められなかったのではないのか。

「それは、どんな男でしたか？」

と、十津川はきいた。

「そうだな。年齢は二十代の前半で、背広を着ていた。身長は一七五センチくらいで、ああ、ショルダーバッグを提げていたな」

と、男はいった。

十津川は、わざと仁科と違う男の写真を見せて、

「この男じゃなかったですか？」

と、きいてみた。

「いや、この男じゃない」

男は、即座に首を横にふった。

次に、仁科の写真を見せると、

「よく似ている」

と、男はいった。

「失礼ですが――」

「おれの名前か？」

「さしつかえなかったら、教えてください」

「名刺でよかったら」

と、いって、男は、名刺を十津川に渡した。

〈風間《かざま》　茂《しげる》　東京都世田谷区松原《まつばら》
　　コーポ松原　５０６号〉

と、あった。

「何処まで、行かれるんですか？」

十津川が、さらにきいた。

「熊本だ。お盆なので、故郷《くに》へ帰ろうと思っている」

男はいい、

「もういいかな」

と、いって、立ち上がった。

男は、4号車の方へ、出て行った。

十津川は、亀井を呼んだ。

「今の男が、大阪駅で、仁科らしい男が飛び降りるのを見たというんだ」

「大阪駅でですか？　おかしいな。ドアが閉まるまでホームを見ていましたが、降りる乗客はいなかったと思いますが」

「乗務員室に隠れていて、発車間際に飛び降りたといってるんだ。背恰好なんかから、仁科としか思えないんだがね」

「それで、いくら車内を見廻っても、仁科が見つからなかったんですか」

「とにかく、小池警部に知らせよう」

十津川は、携帯を、小池にかけた。

「仁科ですが、大阪で、この列車から降りたのではないかという疑いが出てきました」

「大阪でですか？」

「そうです」

「その情報は、間違いないんですか？」

小池の声が、尖《とが》っている。

「わかりませんが、仁科が、乗務員室から、発車寸前に大阪駅のホームに飛び降りるのを見たという乗客がいるのです」

「それは、第三者の証言ですか？」

「風間という男で、仁科の友人とも、SS会の関係者とも思えません」

と、十津川はいった。

「じゃあ、犯人は、もうこの列車に乗っていないんですか」

小池は、依然として、仁科芳男を前田幸平殺しの犯人と決めつけているいい方だった。

「とにかく、ロビーカーに戻って、善後策を話し合いましょう」

と、小池はいった。

小池たち愛知県警の三人と、西本、日下の二人も、ロビーカーに戻ってきた。

十津川は、風間茂の名刺を、小池たちに見せた。

「お盆なので、郷里の熊本へ帰るのだといっていました。〈はやぶさ〉の4号車の個室に乗っていると、いっています。さっきもいいましたが、SS会の関係者とも、仁科芳男の友人とも思えません」

「仁科が大阪駅で降りたとすると、それから、もう一時間もたってしまっていますね」

小池が、難しい顔で、いった。

「そうです。一時間です」

「もし、仁科が大阪で降りてしまっているとすると、われわれが、この列車に乗り続けていることは、意味がなくなりますね」

小池が、強い口調で、いった。

「その証言者から、もう一度、話を聞きたいですね」

と、小池の部下の滝刑事が、いった。

「私が、連れて来ましょう」

亀井が立ち上がり、隣りの4号車から、風間茂を連れて来た。

寝巻姿になっていて、七人の刑事を見ても、別にあわてた様子も見せず、

「これから、寝ようと思っていたんだが」

と、いう。

「大阪駅で、仁科が飛び降りるのを見たそうですね？」

と、小池がきいた。

「あの男の名前は、仁科というんですか。名前は知りませんでしたが、間違いなく、見ましたよ」

風間がいった。

「その時のことを、詳しく話してください」

と、小池がいった。

「列車が、大阪に着く前だった。おれは、ロビーカーに行こうと思ったんだ。そうしたら、入口のドアに、通行禁止の貼紙がしてあった。仕方がないので、4号車に戻って、うろうろしていたら、若い男が乗務員室に入るのを見たんだ。車掌に何か用があるんだろうと思った。まだ、背広姿なのは、別におかしくはなかったが、ショルダーバッグを提げているのが変だった。大阪駅に着いたら、ホームには人が集まっていて、担架で死体らしきものが運び出されるのが見えた。それで、ロビーカーで事件があったんだなと、わかったんだ。そのあと、列車が動き出す寸前に、乗務員室に隠れていた若い男が、ホームに飛び降りるのを見たんだ」

「その時、どう思いましたか？」

「どうって、逃げたなって、思ったよ」

と、風間はいった。

「嘘は、いっていませんね？」

小池が、念を押した。

風間は、小さく首をすくめて、

「そっちがきいたから答えたんで、信じるかどうかは、勝手にしてくれ」

と、いった。

その瞬間だった。

がくんとゆれて、列車に、急ブレーキがかかった。

立っていた刑事の一人が、よろめいた。

そのまま、きしむ音をたてて、列車はしばらく動き、いやいや停車した。

窓から、どこかの駅のホームが見えた。

亀井が、4号車のドアを開けて、

「どうしたんだ！」

と、乗務員室に向かって、怒鳴った。

ドアが開いて、そこにいた井本車掌が、顔を出した。その顔が青い。

「乗客の誰かが、非常コックを引いたんだと思いますが――」

「今、何処です？」

「倉敷《くらしき》です」

「ここのドアを開けてください！」

亀井が怒鳴った。

井本車掌がホーム側のドアを開けると、亀井は、飛び降りた。

誰もいないホーム。

だが、最後尾の方に、二つの人影が見えた。その人影が、ホームの端に向かって走って行く。

亀井が、そのあとを追った。

他の刑事たちも、バラバラと降りて来て、亀井のあとを追った。

二人の中の一人が、線路に飛び降りるのが見えた。

もう一人は、ためらうように、ホームに立ちすくんでいる。

亀井たちが追いついて、その人間を取り囲んだ。

線路に飛び降りた人間は、すでに闇の中に消えていた。

十津川と小池も、追いついた。

捕まったのは、SS会の平山だった。

「逃げたのは、ボスの大川原だな？」

亀井がきいた。

「知らねえな」

と、平山が、怒った顔でいう。

「じゃあ、何をしてたんだ？」

「急に列車が停まったんで、びっくりして降りただけだ」

「確かめるのに、列車から離れて、ホームの端まで来たのか？」

「悪いのかよ」

「とにかく、話を聞こう」

と、亀井は、平山の腕をつかんだ。

「君たちは、ここで降りて、逃げた男を追え」

小池が、二人の部下に指示を与えた。

残りの刑事たちは、平山を囲んで、ロビーカーまで連れて行った。

そのソファに座らせる。

また、列車は動き出した。

「身体検査をさせてもらうよ」

と、亀井は、平山の内ポケットに手を突っ込み、拳銃を見つけ出して、テーブルの上に置いた。

「これは、何なんだ？」

「オモチャだよ」

と、平山は、ふてくされていった。

「オモチャか」

十津川は、手に取って、ひょいと銃口を平山に向けた。

「やめろ！　危ないじゃないか！」

と、平山が叫んだ。

声がふるえている。

十津川は笑って、

「オモチャが怖いのか？」

「――」

「拳銃の不法所持だな」

「列車を停めたのは、お前たちだな？」

と、小池がきいた。

「そうだよ」

「なぜ、停めたんだ？」

「あいつが逃げたと聞いたからだよ」

「あいつというのは、仁科芳男のことだな？」

「決まってるだろう」

「どうして、わかったんだ？」

「通路で、刑事《デカ》が、大声で喋ってるのが聞こえたんだよ。あいつが、大阪駅で、乗務員室から逃げたらしいってのをさ」

「それで、ボスの大川原が、列車を停めたのか？」

「大阪から、あいつがどう逃げたか、追いかけるといっていた」

「お前は、どうして残ったんだ？」

「まだ、あいつが、この列車にいる可能性があるから、お前は残れといわれたんだ」

「仁科を見つけたら、殺すつもりなんだな？」

と、亀井がきいた。

「ただ殺すんじゃねえ、仲間の仇討ちだ」

と、平山はいった。

「君たちは、三人で、この列車に乗り込んだんだな？」

と、十津川がきいた。

「――――」

「わかっているんだよ。君たちは、仁科を追って、名古屋から、三人で乗り込んだんだ。君と、ボスの大川原に、そして前田だ。その前田が、ロビーカーで殺されたのは知っているね？」

「あいつが殺したんだ！」

と、平山が叫ぶ。

「あいつというのは、仁科芳男だな？」

「他に誰がいるんだ？」

「しかし、殺しの手口は鮮やかだぞ。素人の仁科にそんな殺し方ができるかね？」

「油断だよ。前田の奴が油断したんだ。油断すれば、女にだって簡単に殺られる」

と、平山はいった。

「君たちは、どこまで知ってるんだ？　仁科芳男のことをだ」

十津川がきいた。

「おれは、警察に協力する気は全然ないよ」

平山は、ふてくされていった。

2

大川原は、駅前でタクシーに乗った。

「大阪まで行ってくれ」

と、運転手にいった。

「大阪ですか？」

「いやなのか?」

「いやじゃありませんが、なにしろ、時間が時間なので——」

「金はある」

大川原は、財布から数枚の一万円札を抜き出して、運転手に渡した。

「足りなければ、その時、払う。とにかく、大阪まで急いでくれ。大阪駅だ」

「わかりました」

運転手は、ニッコリして、車をスタートさせた。

タクシーは、山陽自動車道に入って、大阪に向かった。

大川原は、携帯電話を取り出して、まず、平山の携帯の番号を押した。

呼び出しているのだが、平山は出なかった。

「捕まったか」

と、呟いてから、今度は東京にいるSS会の長池《ながいけ》にかけた。

「おれだ。前田が列車内で殺され、平山は警察に捕まった」

「それで、仁科の奴は?」

「大阪で逃げたらしいので、おれが追いかけている」

「おれたちは、何をしたらいいんですか?」

「今、そこに誰がいるんだ?」

と、大川原はきいた。

「みんな集まっていますよ」

「お前と中根《なかね》の二人は、夜が明けたら、飛行機で長崎へ行け」

「仁科は、必ず長崎から、船に乗りますか？」

「乗るよ。その気がなければ、逃げたりせず、自首したはずだ。奴はなんとしてでも、仲間と一緒に船に乗りたいんだ」

「わかりました。必ず、おれと中根で、長崎へ行きます」

「奥寺《おくでら》もいるか？」

「いますよ」

「例のものを、奥寺は持っているか？」

「ライフルなら、持ってますよ」

「飛行機には持ち込めないから、奥寺は、それを持って、すぐ車に乗り、長崎へ向かうようにいってくれ。今日の午後一時五分に、〈さくら〉は長崎に着く。仁科は、その時間までに長崎に着けば、船に乗れるということだ。だから、奥寺にも、その時間までに長崎に着いてもらいたいんだ」

「ライフルが、役に立つんですか？」

「仁科は、この手で首を絞めてやりたいが、どうしても近づけない場合は、奥寺の手を借りたいんだ」

「船に乗るところを、狙うんですね」

「そうだ」

「すぐ、奥寺を車に乗せますよ」

「例のものを忘れるな」

と、大川原は念を押した。

電話をすませると、大川原は、眼を閉じた。

彼を乗せたタクシーは、百キロを超すスピードで、深夜の山陽自動車道を走り続けた。

3

「忘れていた」

と、十津川が、急にいった。

「何ですか？」

と、亀井がきく。

「仁科の彼女のことだよ。彼女が途中から乗って来て、この列車で彼と一緒になり、長崎へ向かうと考えた。その彼女だよ。はたして乗って来たのかな？　それとも、乗って来なかったのか」

「仁科が、大阪で、列車から逃げたとすると、彼女も乗らなかったと思いますよ。仁科が、携帯で、乗るなといったに違いありませんから」

「その可能性はあるな」

と、十津川は肯いたが、それでも、井本車掌にきいてみた。

「途中から乗った乗客の検札は、当然、やったんでしょう」

十津川がきくと、井本は肯いて、

「それが、私の仕事ですから」

「ひとり旅の若い女性もいますか？」

「お盆に帰るというので、今日は、ＯＬや、女子学生といった、若い女性の乗客が、かなり見えていますよ。その中には、ひとり旅の乗客もいます」

と、井本はいった。

「長崎行きの乗客もいましたか？」

「三人いました。三人とも、二十代の女性です」

と、井本はいった。

「その三人は、当然、今もこの列車に乗っているわけですね」

「もう寝ているでしょう」

と、井本車掌はいった。

しかし、その三人の中に、仁科の恋人がいたら、寝られるかどうか。

その三人を叩き起こして、あなたは仁科芳男の恋人ですかと、きくわけにもいかない。

第一、仁科が、警察に追われている今、正直に答えはしないだろう。

SS会の本部を監視している三田村たちから、十津川の携帯に、連絡が入った。

「SS会の奥寺健《けん》という男が、急に車で出かけました」

と、三田村がいった。

「こんな時間にか？」

「そうです。尾行はつけました」

「SS会の本部には、今、何人くらいが集まっているんだ？」

「二十人ほどです。ほとんどSS会の全員です」

「その中から、奥寺一人が、車で出発したのか？」

「そうです。今、尾行中の田中《たなか》たちから、連絡が入りました。奥寺の車は、東名に入ったそうです。東名を西に向かっています」

「長崎に行くつもりか？」

「そうだと思います」

「しかし、おかしいな。朝になって長崎行きの飛行機に乗っても、ゆっくり間に合うんだ。それなのに、なぜ、車で、十何時間もかけて、長崎へ行くんだろう？」

「奥寺という男のことを調べてみます」

と、三田村はいった。

二十分ほどして、三田村が、再び、電話してきた。

「捜査四課に行って、SS会の奥寺健という男のことを聞いて来ました。二十八歳。神奈川県小田原《おだわら》の生まれで、二十五歳まで自衛隊にいました。その頃、ライフル射撃で、国体に出たことがあるそうです」

「ライフル射撃でか」

「そうです。二十五歳の時、婦女暴行事件を起こして、懲戒免職になっています。その後、東京に出て、SS会に入りました」

「今も、ライフルを持っているのか？」

と、十津川はきいた。

「持っていると思われます」

「それだな」

「ライフルですか？」

「銃は、飛行機に持ち込めない。だから、今から車を飛ばして、ライフルと一緒に、奥寺は長崎へ行く気だ」

「すぐ、尾行している田中たちに、職務質問させます。ライフルを持っていたら、不法所持で、逮捕させます」

と、三田村はいった。

さらに三十分後に、三田村から電話が入った。

「駄目でした」

と、いきなりいう。

「まかれたのか？」

「海老名《えびな》サービスエリアに誘導して、車の中を入念に調べたが、ライフルも、弾丸も見つからなかったというのです。銃が見つからないのでは、逮捕はできず、田中たちは、引き返して来ます」

と、三田村はいった。

「おかしいな。ライフルを持たずに、なぜ、車で長崎まで行くんだ？」

「わかりませんが、田中たちが、銃を発見できなかったのは事実です」

「同行している人間がいるんじゃないか。別の車にライフルを積んでだ」

「しかし、ＳＳ会の本部から、出かけたのは奥寺だけですが」

「女だよ」

と、十津川はいった。

「奥寺という男は、銃の所持許可は持っていないんだろう？」

「自衛隊を懲戒免職になっていますから、許可は出ていないと思います」

「とすれば、自分で持っているとは思えない。女のところに隠しておくのが普通だ。女に運ばせて、奥寺は、長崎までの途中で受け取ると見るのが常識じゃないか」

と、十津川はいった。

「田中たちに、もう一度、追跡させます。奥寺の車はわかっていますから、長崎までの途中で追いつけると思います」

三田村がいう。

「車も、途中で女の車に乗りかえる恐れがあるぞ。そのことも考慮して、追いかけるんだ」

と、十津川はいった。

十津川が電話を切ると、亀井が、

「今度は、ライフルですか」

「なんとしてでも、連中は、仁科芳男を殺す気だ。長崎までの間に殺せなかった場合を考えて、射撃の名手に、ライフルを持たせて、長崎に行かせたんだと思う」

「仁科が、船に乗る瞬間を狙うつもりですね」

「長崎は、坂の多い街だ。船の出る岸壁は、当然、低い所にあるから、上から狙わせる気だろう」

「この執念は何ですかね？」

と、亀井はいった。

「面子だろう。自分の仲間が殺された。それも、素人の男に殺されたんだから、彼らにしてみれば、面子が丸潰れなんだ。周囲にしめしがつかないというわけだよ」

「妙な面子ですね」

「だが、彼らにとっては、生命《いのち》より大事なんだ。ＳＳ会というのは、怖がられている。強《こわ》もてしているわけだ。それが、ＳＳ会の商売にもなっているわけだよ。ただのサラリーマンに殺されたとなれば、商売にもさしつかえる。だから、必死なのさ」

「ＳＳ会の人間を殺したら、必ず、仇討ちされるという話が、必要なわけですね」

「警察が逮捕するより前に、自分たちの手で殺したいんだ。それも、残酷な方法で殺して、マスコミに取り上げさせれば、最高なんだろう」

と、十津川は笑った。

小池が、やって来た。

「今、部下の二人の刑事から連絡がありました。大川原と思われる男が、ＪＲ倉敷駅前からタクシーを拾ったそうです。営業所から、このタクシーの運転手に連絡を入れたら、お客に大阪駅前まで行ってくれといわれて、今、山陽道を大阪に向かっているということだったそうです」

と、いった。

「それは、大川原に間違いありませんよ」

と、十津川はいった。

「仁科芳男は、この列車から、大阪駅で飛び降りたといわれています。その後の彼の行方を追うとしたら、誰でも、まず大阪駅へ行ってみますからね」

「仁科の方は、これから、どんな行動をとると思われますか？」

と、小池がきいた。

「仁科は、なんとしてでも、長崎から船に乗ろうとするでしょう。普通に考えれば、飛行機で長崎へ飛ぶでしょう。ただ、彼の恋人が、この列車に乗っているとすると、福岡空港まで飛び、博多から、また、この列車に乗ってくるかもしれません」

「大川原も、同じように考えるでしょうね」

「そう思います。こうなると、仁科も含めて、狐と狸の化かし合いですよ」

と、十津川は笑った。

4

午前五時過ぎに、大川原を乗せたタクシーは、JR大阪駅に着いた。

周囲は、少しずつ明るくなっていく。

大川原は、タクシーを降りると、SS会の奥寺に携帯をかけた。

「おれだ。今、何処だ？」

「名古屋を通過したところです」

と、奥寺がいった。

「ライフルは持って来ているだろうな？」

「大丈夫です。狙撃用のスコープもついています。ただ、海老名サービスエリアのところで、パトカーに停められて、車内を調べられました」

「どうして、わかったんだ？」

「おれたちは、SS会の本部に集まっていたんですが、たぶん、警察が本部を監視していたんだと思います。おれが車で出発したんで、すぐ、尾行されたんでしょう」

「それで、ライフルは見つからなかったのか？」

「大丈夫です。ライフルは小田原の女に預けてありましたから、彼女に、途中まで運ばせました」

と、奥寺はいった。

大川原は笑った。

「女が役に立ったか」

「車も、彼女と交換しましたから、これからあと、警察が追ってきても、大丈夫だと思います」

と、奥寺はいう。

「長崎へ行ったことがあるか？」

「昔、豪華客船に長崎から乗る友人を送りに行ったことがあります」

「それはいい。岸壁を歩く人間を狙撃する場所があるか？」

と、大川原はきいた。

「そうですね、グラバー邸のある丘の上から、丁度、外国航路の岸壁が見下ろせるはずです」

と、奥寺はいった。

「そこから、殺せるのか？」

「直線距離にして、二〇〇メートル以内だったと思います。大丈夫、一発でしとめられます。射撃競技の的に比べたら、はるかに楽な標的です」

と、奥寺はいった。

「人間は動いてるぞ」

「今、岸壁の長さを思い出してるんですよ。税関を通ってから、岸壁の先端にとまっている船まで、かなり歩くんですよ。いっきに走り抜けられる距離じゃありません。それに、立ち止まる瞬間は必ずあるはずです。冷静に狙えば、チャンスは必ずあります。まかせてください」

「お前を信頼しているよ」

と、大川原はいった。

だが、奥寺に射殺させるのは、あくまでも、最後の手段だと、大川原は思っていた。

大川原は、自分の手で、仁科という男を殺してやりたいのだ。首を絞めて殺してやりたい。いや、殴り殺してやりたいのだ。

大川原は、大阪駅のコンコースに入って行った。

キヨスクで、小型の時刻表を買った。開いている喫茶店で、モーニングサービスを注文し、コーヒーを口にしながら、時刻表を開いた。

仁科は、一時九分、列車が発車する直前、〈さくら・はやぶさ〉から、大阪駅のホームに飛び降りた。

そのあと、仁科は、どうするだろうかと考えてみた。

仁科は、長崎からなんとしてでも、船に乗って、海外へ脱出する気だ。これは間違いない。

大川原には、その船の名前も、出港時刻もわからない。

だが、仁科は、長崎一三時〇五分着の〈さくら〉に乗っていた。ということは、今日の午後一時五分以後に、問題の船は出港するのだ。

それまでに、仁科は、長崎へ行こうとするだろう。

方法は、二つある。

飛行機を利用する方法と、列車を使う方法だ。

まず、飛行機の方を調べてみる。

大阪から、長崎行きの飛行機に乗るルートである。

大阪（伊丹《いたみ》）と、関空の両方から、長崎へ飛んでいる。長崎へ、一三時〇五分前に着く便を抜き出してみる。

伊丹　九時一〇分↓長崎一〇時二〇分

伊丹　一〇時一五分↓長崎一一時二五分

伊丹　一一時一〇分↓長崎一二時二〇分

関空　八時四〇分↓長崎　九時五〇分

この四本である。

もし、仁科が飛行機を利用するつもりなら、すでにどちらかの空港へ行っているかもしれない。

もう一つは、新幹線で博多まで行き、博多から、長崎行きの特急〈かもめ〉か、特急〈ハウステンボス〉を利用する方法である。

新大阪八時三二分発の〈のぞみ1号〉に乗れば、博多に一〇時五三分に着く。

博多一一時〇二分発の〈かもめ13号〉に乗ると、長崎には一二時五三分に着ける。

飛行機を使っても、新幹線の〈のぞみ〉を使っても、間に合うのだ。

大川原は、煙草をくわえて、さらに考え込んだ。

(仁科の女がいたんだ)

と、思った。

どんな女なのかわからない。名前も顔もわかっていない。

わかっているのはどこかで、仁科と一緒になるつもりらしいということだけである。

そして、二人は、一緒に青年海外協力隊の仲間として、海外へ行こうとしている。

たぶん、仁科と同じで、まじめで平凡な女だろう。

問題は、彼女がブルートレインに乗ったかどうかである。

今は、誰もが携帯を持っているから、連絡をとろうと思えば、いつでも連絡できるのだ。

仁科は、京都へ着く前に、車内で前田を殺した。

だから逃げ出した、と考えれば、仁科は、恋人に、危険だから列車に乗るなと、連絡したというのが、自然だろう。そして、他のルートで、長崎へ行こうと話したに違いない。

（それとも——）

と、考える。

女の名前も顔も、警察とＳＳ会は知らないはずで、それならかえって、列車に乗せた方が安全だと考えたかもしれない。

（もし、女が、今、列車に乗っているとしたら？）

彼女は、携帯で、逃げた仁科と、ずっと連絡を取っているだろう。

大川原が、列車を急停車させて、倉敷で逃げたことも、知らせているのではないか。

平山が、警察に捕まったこともだ。

とすると、仁科は、女と合流するために、九州の何処かの駅から、ブルートレイン〈さくら〉に、もう一度、乗ろうとするだろうか？

警察は依然として乗っているのだから、普通なら、列車に戻ることなど自殺行為なのだ。

（だが、素人の行動はわからない）

と、大川原は思う。

おれたちの行動は、まず、利害で動く。自分に損なことはやらない。次は、面子だ。わかりやすいのだ。それに比べて、素人は何をするかわからないのだ。

何本目かの煙草を灰にしたあと、大川原は、新幹線の〈のぞみ〉と特急〈かもめ〉を使って、長崎へ行くことに決めた。

奥寺が、海老名で、警察の職務質問を受けたと聞いたからだった。

警察は、明らかにSS会のメンバーの行動を、一人一人チェックしているのだ。

長池と中根の二人に、飛行機で長崎へ飛べと、大川原は命じた。

警察は、当然、長池と中根の二人をマークするだろう。

飛行機の中でも、長崎へ着いてからも、きっと、二人は徹底的にマークされるだろう。

もし、大川原が、同じように長崎行きの飛行機に乗ったら、たちまち、マークされて、動きが取れなくなってしまうに違いなかった。

だから、大川原は、新幹線の〈のぞみ〉を利用することに決めた。

〈のぞみ1号〉の、博多までの切符を買ってから、大川原は、あらためて朝食をとることにした。そのあと、彼は、三番ホームに出てみた。

ブルートレイン〈さくら・はやぶさ〉が停車したホームである。

ホームで、駅員をつかまえた。

「昨日、いや、今日か、ここで事件があったはずだ」

大川原は、わざと高圧的に出た。

駅員は、ちょっと怯えたような眼になった。

「刑事さん？」

「鉄道警察隊の人間だよ。君は、列車から死体を降ろした時、このホームにいたのか？」

「ええ、いました」

「他には？」

「あと二人いました。それに、救急隊員と、刑事さんたち、ここから、列車に乗る乗客もかなりいましたよ。お盆なので」

と、駅員はいった。

「列車が発車する寸前、乗務員室のあたりから、若い男の乗客が一人、ホームに飛び降りたはずなんだが、覚えていないか？」

と、大川原はきいた。

「乗務員室というと、4号車ですね」

「そうだ」

「覚えていませんね。あの時は、ホームがやたらに混乱してましたから」

「他の駅員にもきいてみてくれ」

と、大川原は、相手を睨みつけるようにして、いった。

駅員は、あわてて走っていき、二人を連れて来た。この三人で対応したという。

大川原は、同じ質問をぶつけた。

三人は、顔を見合わせて、

「なにしろ、あの時は、われわれ三人で列車から死体を降ろすのを手伝っていましたからね。他のことは、見ていないんですよ」

と、一人がいい、他の二人も肯く。

「三人もいて、気がつかなかったのか？」

「あの混乱では、無理ですよ」

「切符を調べてくれないか」

と、大川原はいった。

「切符ですか？」

「〈さくら・はやぶさ〉から、乗客が一人降りた。その乗客は、長崎までの切符を買っていたはずだから、この大阪で降りたとすれば、その切符を、途中下車で、ここで受け取っているんじゃないか？　それを確認してもらいたい。寝台列車の乗客が、途中下車するケースなんか、めったにないんだから、すぐわかるはずだ。調べてくれ」

と、大川原はいった。

また、三人は顔を見合わせた。

大川原は、声を荒らげて、

「何をもたもたしてるんだ？」

「鉄道警察隊の方ですね？」

三人の一人が、遠慮がちにきいた。

「そうだ」

「失礼ですが、お名前は？」

「川口《かわぐち》だ。早くしろ！」

「警察手帳を見せていただけませんか」

と、他の駅員がいった。

「疑うのか？」

「いえ。ただ、いろいろと調べるとなると、一応、警察手帳を見せていただきませんと。上司にきかれた時に困りますので」

と、その駅員はいった。

大川原は激怒して、

「もういい！　おれが自分で調べる！」

大声を出し、三人の駅員を突き飛ばすようにして、駈け出した。

三人の駅員は、あっけに取られて、見送っていた。

5

定刻の五時二一分に、八分遅れて、列車は、広島に到着した。

倉敷で、非常ブレーキを引かれた遅れを、取り戻せなかったのだ。

十津川は、途中の駅での乗客の乗り降りはないだろうと思ったが、三人の客が広島で降りた。

乗ってくる客はいない。

少しずつ、車内が騒がしくなってくる。乗客が起き出して、トイレに行き、洗面所で顔を洗う。そして、次の駅で降りる乗客は着替えを始めるのだ。

ただ、個室の客は、たいてい終点の長崎か、熊本まで行くから、まだ寝ていた。

深夜には、車内アナウンスも、遠慮して止めてあったが、夜明けとともに、

〈おはようございます〉

車掌のアナウンスが、再開された。

十津川たちは、仮眠をとったが、二、三時間しか眠れなかった。

それでも、眠ることができたのは、SS会の大川原が倉敷で逃げ出してしまい、その部下の平山が逮捕されたからだった。

仁科が、まだ、車内に残っていたとしても、殺される恐れはなかった。

愛知県警の小池警部は、広島で、逮捕した平山と一緒に降りて行った。

あとに残ったのは、十津川たち四人だけだった。

十津川は、改めてロビーカーの隅で、ミニ捜査会議を開いた。

「仁科が大阪で降りてしまったのは拍子抜けですが、おかげで、SS会の二人も、一人は逮捕し、ボスの大川原の方は、逃亡してしまいました。これで、長崎まではヒマで、向こうで勝負ということになりますね」

と、西本がいった。

「私は、列車の外のことが心配です」

と、日下がいった。

「大川原は、ただ逃げたのではなく、大阪で降りた仁科を追って行ったんです。こうしている間に、列車の外で、大川原が、仁科を見つけて、殺してしまうかもしれません」

「仁科が大阪で逃げて、大川原が降りるまで、一時間以上たっている。その上、大阪と倉敷の距離もあいてしまっているんだ。めったに見つかるものじゃないよ。だから、大川原も、長崎が勝負所と見て、SS会の連中を長崎に向かわせているんだ」

と、亀井はいった。

「仁科は、またこの列車に戻ってくるんでしょうか?」

西本がきく。

「君は、どう思うね?」

と、十津川は、日下にきいた。

「それは、仁科の恋人が、この列車に乗っているかどうかによって、違うと思います。もし、乗っていれば、九州の何処かから、また乗ってくると思います」

日下がいう。

「仁科の恋人のことが、もっと詳しくわかるといいんですがね。名前、年齢、背恰好、それに、きちんと写った顔写真があればと思います」

と、亀井はいった。

「この列車が着くまでには、ちょっと無理だろう」

十津川がいったとき、彼の携帯が鳴った。

東京の三田村からだった。

「SS会の本部から、二人が車で出て行きました。今、私と北条が尾行中です」

「二人か」

「そうです。何処かで職質して、名前を確かめますか？」

と、三田村がきく。

「いや、何処へ行くか知りたいから、しばらく尾行してくれ」

と、十津川はいった。

二十分後、三田村から、また、電話が入った。

「二人の車は、現在、首都高速を羽田方面に向かっています。明らかに、飛行機で長崎へ行くものと思われます」

と、三田村はいった。

「たぶん、そうだろう」

「どうしますか？」

「その二人には、今のところ、逮捕するだけの理由はないだろう？」

「身体検査すれば、ナイフぐらい持っているかもしれません。それで、なんとか逮捕できるとは思いますが」

と、三田村はいう。

「たぶん、ナイフは持ってないさ」

「そうでしょうか？」

「SS会の連中は、自分たちが警察にマークされていることを知っている。だから、ナイフが欲しければ、長崎で手に入れるさ」

「そうですね」

「君と北条は、SS会の二人と同じ飛行機に乗って、長崎まで来い。飛行機の中でも、長崎でも、しっかりとマークするんだ」

と、十津川はいった。

午前七時を過ぎると、列車は、各駅停車に近くなり、乗ってくる乗客も、旅行客ではなくなり、通勤、通学のそれに変わってくる。

三田村から、また、電話が入った。

「今、羽田にいます。やはり、SS会の二人は、飛行機で長崎へ行くようです。八時発の日本エアシステム361便の営業カウンターに向かってます」

「八時か」

「長崎着が、九時五〇分です」

「いやに早いな」

「向こうで、大川原や、ライフルの奥寺と一緒になって、相談する必要があるのか、それとも、やたらに気ばかり逸《はや》ってしまっているのか」

　と、三田村はいった。

「奥寺は、その後、どうなったんだ？」

「田中と片山《かたやま》の二人が、もう一度、追いかけているんですが、まだ、見つかっていません。車も乗りかえたんだと思います」

「女がいるんだよ。女が、車やライフルを持って、合流したんだよ」

「そうだと思います。申しわけありません」

「田中と片山の二人には、そのまま、長崎まで行けと伝えてくれ」

「わかりました。私と北条は、ＳＳ会の二人と一緒に、長崎行きの飛行機に乗ります。向こうへ着いたら、また連絡します」

　と、三田村はいった。

　十津川は、電話を切ったあと、考え込んでしまった。

「どうされたんですか？」

　亀井が、心配して、きいた。

「何か、すべて列車の外で、これから事件が起きてしまいそうでね。はたして、これでいいのかと思ってね」

と、十津川はいった。

「この列車が長崎に着くまでに、まだ、六時間ありますから、仁科が、また乗り込んでくることは十分に考えられると思っています」

亀井は、確信ありげにいった。

「カメさんは、そう思うのかね?」

「列車の外では、SS会の連中が動いています。ボスの大川原は、仁科のあとを追って、大阪へ行ったのはわかっていますが、その後の行方はわかりません。ライフルを持った奥寺が、現在、何処にいるのかも不明です。SS会の他の二人は、長崎行きの飛行機に乗ったことが確認されましたが、SS会の他の人間も、動いているかもしれません。そう考えてくると、仁科にとって、いちばん安心して長崎まで行ける方法は、この列車かもわかりません」

「しかし、もし、仁科が戻って来たら、われわれは、殺人容疑で逮捕しますよ」

と、西本がいった。

「東京での殺人については、逮捕は難しいぞ」

と、十津川がいった。

「いえ、この列車内での前田殺しです」

「前田殺しか――」

十津川は考え込んで、

「前田を殺したのが、仁科だという確証はないんじゃないかね」

「しかし、仁科は、前田を殺したからこそ、あわてて、大阪駅で、ホームに飛び降りたんだと思います」

と、西本はいった。

「確かに、そうなんだが、私は殺しの方法が鮮やかすぎるのが、今でも気になって仕方がないんだよ。殺人の方法から見れば、東京の殺人の方が、仁科が犯人と思えるんだよ。SS会の二人と、仁科たち三人がケンカになって、運悪く、SS会の一人が死んでしまったという方が、私には納得できるんだよ」

「警部は、ロビーカーの殺人は仁科の犯行ということに、今でも、疑念を持っておられるんですか？」

と、亀井がきいた。

「殺しの方法が、あまりにも鮮やかすぎるからね。たぶん、犯人は、いきなり、鋭利な刃物で、前田ののどを掻き切ったんだ。前田は、ほとんど無抵抗で絶命したと思う。仁科に、はたして、そんな芸当ができるだろうかと、考えてしまうんだよ。SS会の前田の方が、仁科より、はるかにケンカ慣れしているはずだ。だから、前田が犯人なら、納得できるんだが、反対だからね」

十津川が、首をかしげた。

「これは、前にも議論になりましたが、偶然ということで、説明がつくんじゃないかと思います。偶然と、油断です。仁科は、SS会の連中が自分を追いかけてくることを考えて、ナイフを買って持っていた。前田の方は、相手が素人なので、甘く見て近づき、いきなりやられたんじゃないでしょうか。仁科の方は、夢中でナイフを振り廻したら、それが、偶然、前田ののどを切り裂いてしまった。可能性は小さいでしょうが、あり得ないことではありません」

と、亀井はいった。

「小池警部が、同じことを、いっていたな」

「われわれの扱った殺人事件でも、まれにですが、同じようなことがあったじゃありませんか。弱いと思われた方が、強い奴を殺してしまうことが。窮鼠《きゅうそ》、猫を嚙むというヤツですよ」

「確かに、あり得ないことじゃないが」

「被害者の前田は、他の二人の仲間と、仁科を私刑《リンチ》しようと、この列車に乗り込んで来たんです。ロビーカーで仁科を見つけて、殺そうとして、逆に殺られてしまったと考えるのが自然じゃありませんかね。それに、その直後、仁科と思われる男が、大阪駅で、乗務員室から飛び降りて逃げています。そのことからも、前田殺しの犯人は、仁科と考えていいと思いますが」

と、亀井はいった。

車内販売が、やって来た。

この列車には、食堂車も売店もない。従って、東京駅で乗る時、乗客は夕食をすませてしまっているか、駅か近くのデパートで、弁当を買って乗り込むことになる。

ただ、朝になっての食事は、乗客が困るので、売り子が乗り込んで来て、車内販売をしてくれるのだ。

若い西本と日下が、あわてて四人分の駅弁と飲み物を買った。

少し早目の朝食が始まった。

「朝食に、駅弁を食べるというのは、初めてですよ」

と、亀井が、楽しそうにいった。

「私も初めてだよ」

十津川も笑った。

ロビーカーには、他の乗客も入って来て、窓の外の朝の景色を見ながら、駅弁を食べていた。

若い女性もいる。一人旅の女性だ。

十津川は、ふと、その一人を見つめた。ショルダーバッグをそばに置き、今どきの若い女らしく、時々、携帯電話に眼をやりながら、サンドイッチの朝食を口に運んでいる。

携帯には、メールが入っているのだろう。

七時三五分、小郡《おごおり》着。まだ、二分、定刻より遅れていた。

外は、今日も暑そうだった。

列車が、小郡のホームを離れる。十津川が見ていた女も、朝食をすませて、ロビーカーを、6号車の方に出て行った。

「ずいぶん、熱心に見ておられましたね」

と、亀井がいった。

「そうだったかな」

「あの若い女が気になりましたか？」

と、亀井がきく。

「彼女というわけじゃないんだ。仁科の恋人のことをダブらせて考えていた。ひょっとして、この列車に乗っているんじゃないかと思ってね」

「今は、この列車の中が、いちばん安全だからですか？」

「そうだよ。仁科は、そう考えて、わざと恋人を、この列車で、長崎に行かせようとしているのじゃないかと考えたりしているんだがね」

と、十津川はいった。

「しかし、彼女が乗っていたとしても、われわれは、名前も知りませんし、顔もはっきりとわかりませんよ」

と、亀井はいった。

「そうだが、なんとか彼女と会ってみたい。仁科が、今何処にいるか、彼女は知っているだろうからね」

「どうやって、彼女を見つけ出しますか？」

「少し、卑怯《ひきよう》な手を使おうかと考えたんだがね」

と、十津川はいった。

「どんな手ですか？」

亀井が、眼を光らせてきく。

十津川は、自分の手帳に、次の文章を書いて、亀井に見せた。

〈今、東京から長崎へ行く乗客の仁科芳男さんが、負傷して、乗務員室に担ぎ込まれました。お連れの女性の方、至急、乗務員室においでください〉

「これを、車掌にアナウンスしてもらうんだ」

と、十津川はいった。

「面白いですが、仁科は、今、列車の外にいるんじゃありませんか」

と、亀井がいった。

「じゃあ、少し直そう」

と、十津川はいい、文章を変えた。

〈ただ今、乗客の仁科芳男さんが負傷したという報告が、乗務員室に入りました。仁科さんは、この列車に乗っている連れの女性に、一刻も早く知らせてほしいといっておられるそうです。お心当たりの方は、すぐ乗務員室まで来てください〉

「これを、車内アナウンスしてもらおう」

「はたして、彼女は、乗務員室に現われますかね？」

「わからないが、やってみよう」

と、十津川はいった。

第五章　長崎着

1

仁科の彼女は、なかなか現われなかった。その間にも、列車は宇部《うべ》に停車し、また、発車して行く。

まもなく、関門《かんもん》トンネルを抜けて、九州に入る。

「彼女は、この列車に乗っていないんじゃありませんか」

と、西本がいう。

「いや、乗っていても、用心して名乗り出ないんだと思いますよ。仁科が、警察に追われていることを、知っているはずです。警察の罠だと思っているかもしれません」

と、日下がいった。

「引っかからなかったということかな」

十津川が、憮然とした顔になった。

しかし、二十五、六分した時、井本車掌が、彼女が来ましたといって、ロビーカーに連れてきた。

もう現われないだろうと思っていたところだったので、四人の刑事は、ほっとした。

仁科が、この列車に隠れているにしろ、大阪で降りたにしろ、彼女から、自首を勧めてもらえると思ったからだった。

彼女の名前は、黒田美加《くろだみか》といった。

陽焼けして、健康的な感じの女性だった。それだけに、意志が強そうにも見えた。

「私を欺《だま》したんですね」

と、彼女は、いきなり、いった。

十津川は、正直に、

「確かに欺しました。しかし、それは、仁科さんを助けたいからなんですよ。東京の事件のことは、仁科さんから聞いていますね？」

「正当防衛だと聞いています」

美加は、きっぱりといった。

（気の強そうな女だな）

と、十津川は思いながら、

「それは、勝手に自分が決めることじゃありません。今は、あくまでも殺人事件の容疑者なんです。その上、SS会という暴走族あがりの連中が、仲間の仇を討つんだといって、仁科さんを追いかけています」

「――」

「彼は、今、何処ですか？」

「知りません」

「しかし、お互いに、携帯で連絡は取っているんでしょう？」

と、亀井がいった。

「それが、取れたり、取れなかったりで、私も心配しているんです」

と、美加はいった。

「あなたは、京都で、この列車に乗って来たんでしょう？」

十津川は、辛抱強く、きいた。

「そうです」

「それで、車内で、仁科さんに会ったんですか？」

「それは、いえません」

「彼は、今、この列車内にはいませんね」

「わかりません」

「大阪で、この列車から降りたんじゃありませんか?」

「——」

「長崎で、一緒になるつもりですか?」

「——」

「君!」

と、我慢しきれなくなった亀井が、声を荒らげた。

「君は、仁科を助けたくないのか? SS会の連中は、ライフルの名手まで長崎に行かせて、待ち伏せしているんだ。今のままなら、必ず殺される。それがわかっているのかね?」

「彼の行為は、正当防衛なんです」

「それは裁判で決まるといってるじゃないか。殺されてしまったら、元も子もないぞ!」

と、亀井は、美加を睨んだ。

だが、彼女は、今度は黙ってしまった。

「今度は黙秘かね」

亀井が溜息をつく。

車内アナウンスが、まもなく、下関だと告げている。

「仁科さんは、今、何処です？」

と、十津川がきいた。

美加は黙って、窓の外に眼をやった。十津川も、やや、もて余して、黙ってしまった。

（この女は、仁科と一緒に、無事に船に乗れると思っているのだろうか？）

列車が、下関駅のホームに入っていく。

ふいに、美加は、十津川を見つめて、

「彼を助けてください！」

と、声を張りあげた。

「だから、なんとか助けてあげたいと、いっているじゃありませんか」

と、十津川はいった。

列車が停車し、乗客が降り始めた。

「正直にいいます。京都で乗る前に、彼から携帯が入っていたんです。警察か何かに追われているので、車内では顔を合わすと危ない。自分は隠れているから、君も知らん顔をしてくれとです」

美加は、急に、熱っぽく話し出した。

「じゃあ、車内で顔を合わせていないんですか？」

十津川は、半信半疑で、きいた。

「京都と大阪の間で、会いました。でも、ボクは大阪で降りるといって、降りてしまったんです。私も一緒にといいましたけど、彼は、君は誰にも知られていないから、このまま長崎まで乗って行けといったんです」

と、美加はいった。

「やっぱり、彼は、大阪で飛び降りたんですね」

「ええ」

「そのあと、彼は、何処へ行ったんですか？　今、何処にいるんですか？　携帯で、連絡は取っているんでしょう？」

「たぶん、他のルートで、長崎へ行くと思います。でもどのルートを取るか、私にはいわないんです。とにかく、長崎に着いたら、私に連絡するといっていました」

「列車内で殺人事件があったのは、知っていますね？」

と、亀井がきいた。

「はい、知っています」

「殺されたのは、SS会の前田という男でしてね。大川原というリーダーと、仁科を追いかけていた人間なんですよ。見つけたら、殺してやるといっていた男なんです。たぶん、前田は、見つけて、逆に殺されたんだろうと見ているんですが、そのことについて、何かいっていませんでしたか？」

「殺したのは、彼じゃありません」

と、美加はいった。

「その気持ちはわかりますが、彼以外に、いないんですよ」

と、亀井はいった。

「でも、SS会の人たちは、元暴走族で、危険な人でしょう？」

「そうです」

「それなら、SS会の人たちを恨んでいる人間が列車に乗っていて、殺したということだって、十分に考えられるんじゃありませんか？」

と、美加はいった。

「それは可能性としてはありますが、確率は小さいですよ。その点、仁科が殺した可能性の方が大きいんです」

「でも、彼は、殺してなんかいませんわ」

と、美加は繰り返した。

「とにかく――」

と、十津川が、決めつけるようにいった。

「われわれとしては、東京で殺人を犯した人間を国外へ出すわけにはいかんのです。仁科さん自身にしても、ここは裁判を受けて、出直した方がいいと思いますよ。まだ、若いんだから」

「でも、裁判で正当防衛が認められるかどうか、わからないんでしょう？」

「それは、そのとおりです」

「彼は、青年海外協力隊の一員として、今すぐ、途上国で働きたいんです。井戸を掘りたいんです。学校を建てたいんです。農業を手伝いたいんです。もし、今捕まったら、青年海外協力隊に参加できなくなってしまいます」

「それなら、個人で、金をためて行けばいい。若いんだから、そのくらいの勇気はあるんじゃないのかな。どうですか？」

「個人で行ったら、相手が信用してくれません」

美加が、負けずに、いい返した。

「このままでは、この列車内で起きた殺人事件についても、疑いを持たれたままになって、それこそ、間違いなく、刑務所行きになってしまいますよ。だから、今すぐ、彼に連絡して、列車の外にいるのなら、近くの警察署へ出頭するようにいってください。その方が、彼自身のためでもあります」

十津川は説得した。が、美加は、

「できません」

と、首を横にふった。

その時、車両ががくんとゆれた。関門トンネル用の電気機関車との交換が始まったのだ。

トンネル内だけを牽引する、潮風に強い改造機関車との交換である。

二度、車両がゆれて、電気機関車の交換が終了した。

十津川が、窓から見ると、二人の機関士が握手しているのが見えた。ここまで牽引して来た機関車の機関士と、関門トンネル内を牽引する機関車の機関士が、事務引き継ぎという感じで、握手しているのだ。

(ほほえましいな)

と、十津川は微笑した。

列車が動き出すと、すぐ関門トンネルに入った。

あと、四時間余りで、〈さくら〉は長崎に到着する。

それまでに、事件は解決しているだろうか？

2

八時四六分。門司《もじ》着。

いつのまにか、列車は遅れを取り戻していた。

列車がトンネル内を走っている時は、唇を嚙みしめるようにして、黙りこくっていた美加が、門司に着くと同時に、

「SS会の人たちに、彼が追われているというのは、本当なんですか？」

と、顔を上げて、きいた。

「本当ですよ。現に、SS会の一人が車内で殺されたんで、大騒ぎになっているんです。SS会の仲間は、ますます、仁科さんを殺すと息まいています」

「ライフルを使うかもしれないというのも、本当なんですか？」

「SS会の中にライフルの名手がいることは事実ですし、その男が、長崎に向かったことも本当です。見つかれば、間違いなく射殺されますよ」

と、十津川はいった。

「他にも、SS会の人たちは、長崎へ行っているんでしょうか？」

「大川原というリーダーと、二人の男が、ライフルの男とは別に、長崎へ向かったという確証を得ています。三人とも凶暴な男です」

十津川は、脅かすように、いった。

「でも、警察は、彼を守ってくれるんでしょうね？」

と、美加がきく。

また、がくんと車両がゆれた。

再び、電気機関車の交換が行なわれているのだ。

十津川は、気になって、今度はホームに降りてみた。

二人の機関士が並んでいた。

関門トンネル内を牽引して来た電気機関車の機関士が、ここから先の牽引にあたる機関車の機関士に、何かメモを渡していた。

そのあと、二人は、がっちり握手をした。

下関では、ほほえましく見えたのだが、門司では、何か変だなという気分になった。が、メモを受け取った機関士が、乗り込み、ブルートレイン〈さくら・はやぶさ〉は、ひとゆれして、再び動き出した。

ロビーカーでは、亀井が、美加を説得していた。

「今すぐ、携帯を使って、仁科に連絡を取りなさい。こうしている間にも、SS会の連中に見つかって、殺されるかもしれないんだ」

「でも、今は、彼は青年海外協力隊の一員として、カンボジアに行くことしか考えていないと思うんです」

「でも、行けませんよ。われわれも止めるが、その前に、SS会の連中に殺されてしまいますよ」

「考えさせてください」

と、美加はいった。

その会話に、十津川が加わった。

「列車は、すでに九州に入っています。あと四時間余りで、長崎に着きます。そこへ行くには、いろいろなルートがあって、逃げ道もたくさんありますが、長崎へ着いてしまえば、行き止まりですよ。SS会の連中に狙われても、逃げ道はありません。ライフルで狙われたら、まず、助かりませんよ。相手は、ライフル射撃で国体に出た選手です」

「警察が、防いでくれないんですか？」

「何処にいるかわからない人間を、守りようがありません。出頭してくれれば、必ず守ります」

「でも、逮捕するんでしょう？」

「それは、何回もいっているように、状況はどうであれ、人を殺したんですから、逮捕はやむを得ません」

「私は、彼を警察に売るわけにはいかないんです。彼の望むことをしてやりたいんです」

と、美加はいう。堂々めぐりの感じだった。

人間は理性で納得するものじゃないと、十津川は、わかっている。感情で納得するものだ。特に、愛が介在すると、これが強くなる。

美加は、頭のいい女性に見える。

たぶん、頭では、警察のいうことを理解し、納得しているに違いない。だが、彼女の感情は、納得していないのだ。彼女の感情は、まだ、なんとか警察とSS会の連中を出し抜いて、日本を脱出し、海外で働くことを考えているのだろう。

「あなたは、頭のいい方だ」

と、十津川はいった。

「だから、このままでは仁科さんが危険なことは、よくわかっているはずです。警察に捕まるか、SS会の連中に殺されるかのどちらかの結果しかないこともです。逃げ廻ったあげくに逮捕されたら、裁判の時の心証は悪くなりますよ。SS会の連中に狙われたら、間違いなく、殺されます。そのことを考えてください。あなたが、彼と二人で脱出し、青年海外協力隊で働きたい夢を持っていることは、よくわかります。しかも、東京の事件は、被害者の方が悪い。正当防衛だ。まったくの不運としかいいようがない。なぜ、それなのに、海外行きを諦めなければいけないか。彼も、あなたも、そう思っているに違いない。よくわかりますよ。しかし、それは、法治国家では許されないことです。そう思うでしょう？」

「自分の席に戻って、考えさせてください。決心がついたら、連絡します」

と、いった。

「席はどこですか？」

「11号車ですけど」

「最後尾の車両ですね」

「ええ」

と、肯いて、美加は、ロビーカーを出て行った。

「頑固な女ですね」

西本が、吐き捨てるように、いった。

そんな西本に向かって、亀井が、

「11号車を見て来てくれ」

と、いった。

すぐ、西本が出て行った。

九時五三分。博多着。

西本が、ロビーカーに戻って来た。

「11号車を見て来ましたが、仁科はいません」

「〈さくら〉の他の車両は？」

と、亀井がきいた。

「オープンシートの7、9、10号車に、仁科がいないことは、この眼で確認しました。

問題は、8号車のB個室寝台ですが、これは、井本車掌に助けてもらって、一室ずつ調べましたが、仁科はいませんでした」

「間違いないんだな？　B個室の中に、人が一人隠れるような所はないのか？」

「B個室というのは、こちらのA個室よりさらにせまいですからね。中に入って見ましたが、人間が隠れるような所は、ありませんでした」

と、西本はいった。

すると、やはり、仁科は、この列車から降りてしまったのか。

午前十時。

十津川の携帯が鳴った。

三田村刑事からだった。

「今、長崎空港です。SS会の二人と同じ飛行機で着きました。九時五〇分着です」

「その二人は、今、どうしている？」

と、十津川がきいた。

「到着ロビーのティールームで、コーヒーを飲んでいます。たぶん、ここで待ち合わせるか、リーダーの大川原や、ライフルの奥寺と、連絡を取るかするものと思います」

「その奥寺だが、田中と片山の二人は、まだ見つけていないのかね？」

「見つけていれば、連絡してくると思いますが」

「じゃあ、もう少し、待ってみよう」

と、十津川はいった。
五、六分して、美加が、緊張した、やや青ざめた顔で、ロビーカーに入って来た。
「決心が、つきましたか？」

と、十津川がきいた。

「まもなく、鳥栖ですね」

「そうです。鳥栖で、この列車は、熊本行きの〈はやぶさ〉と、長崎行きの〈さくら〉に分かれます。われわれもロビーカーから、〈さくら〉の側に移らなければなりません」

と、十津川はいった。

その時、また、十津川の携帯が鳴った。

奥寺を追っている田中と片山からかと思ったが、違っていた。

「捜査四課の中村だ」

と、相手はいった。

「ああ、風間という男のことで、何かわかったのか？」

と、十津川はきいた。

「風間茂というのは、偽名だよ。住所もでたらめだ。本名は、梅田《うめだ》喬司《きょうじ》で、三十五歳。殺人の前科がある」

と、中村はいった。

「それで、殺されたSS会の前田との関係は？」

「梅田は、千葉県船橋《ふなばし》のマンションに住んでいた。熊本生まれは本当だ。同じマンションに、SS会の高野克郎《たかのかつろう》という男も住んでいた。二人の間には何の関係もなかったが、梅田は、503号室に住み、高野は、その真下の403号室に住んでいた。高野は荒っぽい性格で、他の住人から嫌われていたが、一週間前、マンションの屋上で殺されていた。鋭利な刃物で、のどを一文字に掻き切られてだ」

「手口は似ている」

と、十津川はいった。

「そうだろう。千葉県警は、一応真上に住む梅田を疑ったらしいが、確証がなくて、逮捕できなかったといっている。たぶん、マンションの上と下で、音がうるさいとかでケンカになり、高野が梅田を屋上に呼び出したが、逆に殺《や》られてしまったんだと思うね。その梅田が、昨日、姿を消した。逃げたんだ」

と、中村はいった。

「それで、いろいろとわかってきた。梅田は、このブルートレインで、郷里の熊本へ逃げる気でいたんだ。ところが、SS会の三人が、名古屋で乗り込んで来て人探しを始めた。梅田は、てっきり、自分を追いかけて来たと思った。ロビーカーにいたとき、SS

会の前田が入って来た。梅田は、殺されると感じて、先制攻撃に出て、あっさり前田を殺した。前田が簡単に殺されたのもわかる。前田は、仁科のことしか頭になかったから、梅田を見ても、何の警戒もしなかったんだ。梅田は、殺してしまってから、相手が自分を追って来たのではないことに気づいた。前田が、仁科芳男の似顔絵を持っていたからだ」

と、十津川は、いっきに喋ってから、

「と、なると、あれは――」

「どうしたんだ？」

「あとで、説明する」

と、いって、十津川は、電話を切った。

「どうなったんですか？」

と、美加がきいてきた。

「この列車内で起きた殺人事件の犯人は、仁科さんじゃないかもしれません」

と、十津川はいった。

「だから、そういったじゃありませんか」

美加が、抗議する口調で、いった。

が、十津川は、それを無視して、亀井たちに、

「犯人を逮捕しに行くぞ！」

と、怒鳴った。

3

四人の刑事は、隣りの4号車に向かった。
A寝台個室である。通路に面して、ずらりと個室が並んでいる。
そのナンバーを確かめて、若い日下刑事がノックした。
「車掌ですが、開けてくれませんか」
と、声をかける。
列車のスピードが落ちた。鳥栖に着くのだ。
ドアが開いた。
次の瞬間、白く光るものが、日下に向かって飛んできた。
ナイフだった。
日下は、とっさに身をかわした。が、ナイフのきっ先が、彼の左腕を切り裂いた。
血が飛び散る。
相手は、血のついたナイフを振り廻し、刑事たちを突き飛ばして、通路を走った。

列車が停車する。

出入口のドアが開く。

風間茂こと梅田喬司は、ホームに飛び降りた。

それに向かって、西本が、飛びついた。

二人が、ホームに転倒する。十津川と亀井が、折り重なるようにして、梅田を押さえつけた。

梅田が、けもののように、唸《うな》り声をあげる。

亀井が手錠を取り出して、梅田の右手にかけたが、なかなか、左手にかからない。

ホームは、騒然となり、たちまち、人垣が出来た。

「左腕をねじあげろ！」

と、十津川が叫んだ。

三人がかりで、梅田の身体を引っくり返し、腕をねじあげて、手錠をかけた。

「畜生！」

と、梅田が怒鳴る。両足をバタつかせる。

刑事たちが、彼の身体を引っ張って起こした。

ずるずる引きずるようにして、ホームの事務室まで運んだ。

そこにいた駅員に向かって、十津川が、

「ここの警察と、救急車を呼んでください。警察には、殺人犯を逮捕したといって。それから、怪我人が車内にいます」

と、いった。

〈はやぶさ〉と、〈さくら〉の車両の引き離しの作業が始まった。

地元の刑事たちと、救急車が、同時に駈けつけてきた。

左腕を切られた日下刑事の手当てを、救急隊員に頼んでから、十津川が、県警の刑事に梅田を引き渡した。

簡単に事情を説明してから、

「私たちも同行すべきですが、これから、他の事件のために、〈さくら〉で長崎へ行かなければならんのです」

と、いった。

先に、六両編成の〈はやぶさ〉が出発した。

十津川、亀井、西本の三人は、急いで、〈さくら〉に乗り込んだ。

車内の通路で、美加が、待っていた。

「どうなったんでしょう？」

と、十津川にきいた。

「犯人は逮捕しました」

十津川がいった時、列車は動き出した。

彼は、窓の外を流れる景色に、ちらりと眼をやってから、美加に、

「さっきもいいましたが、車内で起きた殺人事件の犯人は、仁科さんではありませんでした」

「だから、私が――」

「従って、この件については、お詫びします。が、東京で起きた殺人事件は、別です。こちらの犯人は間違いなく、仁科さんだと思ってます。もちろん、見逃すことはできません」

と、十津川はいった。

「犯人、犯人って、まだ、容疑者でしょう?」

美加が文句をいった。

十津川は苦笑した。

「もちろん、今は容疑者ですが、逮捕はします。有罪か無罪かは、裁判で決めることで、警察の領分ではありませんから」

「逮捕状はあるんですか?」

今度は、切り口上で、美加がいった。

「なくても、緊急逮捕はできるんです。今回のように、容疑者が逃亡を図った場合は

ね」

　と、十津川はいった。

「それで、決心したんですか？」

　と、亀井が、美加にきいた。

「決心？――」

「自分の席に戻って、考えるといったじゃないですか？　あと、二時間半ほどで、終着の長崎です。ＳＳ会の連中は、すでに長崎に着いています。早く決心しないと、殺されることになりますよ」

　と、亀井は、厳しい口調でいった。

「困っているんです」

　と、美加がいった。

「何を困っているんです？」

　十津川がきく。

「彼に連絡しようとしてるんですけど、出ないんです」

「出ない？」

「ええ。向こうの携帯が、故障したのか、電池がなくなったかだと思うんですけど」

　と、美加はいう。

十津川は、自分の携帯を取り出した。

「向こうの番号を教えてください」

「090――――」

美加のいうとおりに、十津川は、番号を押していった。

しかし、何の反応もない。

まさか、仁科が、電源を入れてないことはないだろう。ずっと、恋人とは連絡を取っていたいはずだからだ。

と、すれば、美加のいうように、電池が切れたのか。

「仁科さんが、今、何処にいるか、わかりますか？」

と、十津川はいった。

「大阪で降りて、飛行機か新幹線で、長崎に向かったと思いますけど」

「あなた方は、今日、長崎を出航する船に乗るんでしょう？　何時出港の何という船です？　調べればわかることだから、正直に答えてくださいよ」

と、十津川はいった。

「やまと丸です。一万トンの船で、今日の午後七時三十分に出航です」

「七時三十分？　この列車が長崎に着くのが、午後一時五分ですよ。六時間も間がある。なぜ、そんなに早く着く必要があるんです？」

と、十津川はきいた。

「カンボジアに行ったら、最低一年間は、向こうにいることになるんです。向こうの要望が強ければ、それが二年になることもあります。だから、今日は、日本の最後の一日になるんです。二人で、最後の一日を楽しもうと思っているんです。ちょうど、長崎は、お盆ですし――」

と、美加はいった。

(そうか、今日は、お盆か)

と、十津川は思った。

十津川は、長崎のお盆の風景を、テレビで見たことがあった。

中華街があるだけに、花火をバンバン鳴らして、派手なものだった。

その花火も、日本式ではなく、中国風で、音の出る爆竹が多く、街は、爆竹のはじける音と、白煙で、いっぱいになるといっていた。

賑《にぎ》やかなお盆なのだ。

そのお盆を、二人で、楽しみたいのか。

次の停車駅、佐賀に近づくと、乗客が通路に出て来た。

刑事たちは、窓際に身体を押しつけるようにして、彼らを通した。

一〇時五九分、佐賀着。三分の遅れである。

途中で遅れを取り戻したのに、鳥栖での事件で、また、遅れてしまったのだ。

佐賀を出発すると、十津川たちのいる8号車の通路も静かになった。

「彼女は、11号車に戻りました」

と、西本が、十津川にいった。

「君は、長崎まで、彼女が途中で降りないかどうか、見張っていてくれ」

と、十津川はいった。

亀井と二人だけになると、

「どうも、わからないことがある」

と、十津川はいった。

「どんなことですか？」

「仁科芳男のことだよ。風間こと梅田が、仁科と思われる男が大阪駅で飛び降りたといったので、われわれは、それを信じてしまった」

「われわれだけじゃありません。ＳＳ会の大川原たちも、あわてて倉敷で降りて、大阪へ引き返したんです」

と、亀井がいった。

「しかし、梅田が、車内でＳＳ会の前田を殺した犯人だとなると、事情が違ってくる」

「そうですよ。梅田は、前田を殺したあと、彼の持っている仁科の似顔絵を見て、ＳＳ

会が追っているのは、この男かと、わかったんです」

「それで、他のＳＳ会の連中を列車から降ろしてしまうことを考えて、私たちに嘘の情報を流したんだ。仁科と思われる若い男が、大阪駅で、発車間際に飛び降りたとね」

「われわれにいえば、自然に、ＳＳ会の連中の耳にも伝わると計算したんだと思いますね。そのとおりになって、大川原は、あわてて倉敷で降りていきました」

「ここまでは、いいんだ」

と、十津川はいった。

「と、いいますと？」

「黒田美加も、仁科が、大阪で降りたといっている」

「あっ、そうでしたね」

亀井の表情が、変わった。

「その時は、私たちも、仁科が大阪で降りたと思っていたから、やっぱりかと思ったんだが、梅田が嘘をついていたとすると、美加の話は、どう受け取ったらいいのか」

十津川が、眉をひそめて、いった。

「彼女も、嘘をついているということですか？」

「そうとしか思えないんだよ。私たちが、仁科は大阪で降りたらしいといっているのを耳にして、大阪で降りたと話を合わせたんじゃないかと思っている」

と、十津川はいった。

「そうなると、仁科の携帯が通じなくなったという彼女の言葉は、どう考えられますか?」

と、亀井がきいた。

「本当かもしれないし、嘘かもしれない」

「彼女は、仁科は大阪で降りたといいました。それが嘘だとします。となると、仁科は、今、何処にいると思われますか?」

と、亀井がきいた。

「それもわからなくて、困っているんだよ」

「私は、ひょっとして、荷物車に隠れているんじゃないかと思ったんです。1号車の前の荷物車です。しかし、荷物の積みおろしの時、ホームから見ていたんですが、仁科が隠れている気配は、ありませんでした」

と、亀井はいった。

4

肥前山口《ひぜんやまぐち》着。まだ、三分おくれている。

肥前山口の次は、肥前鹿島《かしま》で、二十分近くある。

「今度は、私の疑問を聞いてください」

と、亀井がいった。

「聞かせてくれ」

「私が、不審に思うのは、黒田美加の態度なのです。最初は、われわれの企《たくら》んだ車内アナウンスに引っかかって、名乗り出たんだと思いました」

「彼女の第一声は、欺したんですね——だったよ」

「ええ。それで、私は、彼女に同情してしまったんですが、はたして、彼女はあの車内アナウンスに欺されたんでしょうか？」

「何をいいたいんだ？」

と、十津川はきいた。

「つまり、彼女は、われわれに欺されたふりをして、逆に、われわれを欺していたんじゃないか。そんな気がするんです」

と、亀井はいった。

「しかし、そうすることで、彼女に何の得があるんだ？」

「それがわからなくて、困っているんです」

亀井は、正直にいった。

「他にも、黒田美加について、不審な点があるかね?」

と、十津川は促した。

「彼女が名乗り出てからの態度が、やたらに不安定なことです。われわれに向かって、仁科の行為は正当防衛だから追いかけるなといったり、次には、しおらしく、われわれの言葉に耳を傾ける。たとえば、下関が近づくと、彼を助けたいといい、説得するようなことをいう。それなのに、鳥栖を出ると、また、逮捕状はあるのかと開き直る。やたらに、態度がクルクル変わるような気がして、仕方がないのですが」

と、亀井はいった。

「確かに、カメさんのいうとおりだが、それを、どう考えるかだな」

と、十津川はいった。

「私は、彼女の精神が不安定なためかなと思いました。なんといっても、恋人と、青年海外協力隊員として、勇んで海外へ行こうとしていたのに、その彼が、殺人容疑で警察に追われることになってしまったわけですからね。一方で、なんとかして、恋人を海外へ脱出させようと思い、また一方では、説得して、自首させようかと思って、悩む。当然だと考えます」

「そうだな」

「そう考えて、自分を納得させようとしたんですが、どうしても、引っかかってしまうんです」

と、亀井がいう。

「どんなふうにだ？」

「ひょっとすると、彼女は、私の考えているよりははるかに、理性的で、何か計算して、気色ばんで見せたり、しおらしく見せたりしているんじゃないか。芝居をしているんじゃないかと、思ったりするんですよ」

「カメさんも、そう考えたか」

「じゃあ、警部も、同じことを考えたんですか」

亀井が、ほっとした表情になった。

十津川は、煙草をくわえた。が、火はつけずに、考え込んだ。

「東京で、仁科芳男は、誤ってSS会の男を殺してしまった。しかし、彼は、なんとしてでも、今日、長崎出航の船に乗って脱出し、青年海外協力隊の一員として働きたい。だから、逃げた。それは一貫しているはずだ」

「そうでしょうね」

「一方、恋人の黒田美加は、どんなことをしてでも、仁科を海外へ脱出させ、青年海外協力隊の一員として働かせてやりたい。この気持ちも、ずっと変わらないんじゃないのかね」

「だとすると、彼女が、怒ったかと思うと、しおらしく彼に自首をすすめるようなことをいったのは、すべて芝居だったということになってきますね」

「ああそうだ」

と、十津川は肯いたが、

「ただ、彼女が何のために、そんな面倒くさい芝居をしているのかが、わからない」

とも、いった。

「それは、われわれを欺しているということでしょう。しかし、いくら欺しても、われわれ警察の態度は変わりませんよ。仁科を見つければ、逮捕する。その方針は変わりません。そのくらい、彼女にもわかっていると思いますがねえ」

「もちろん、そのくらいは、わかっているだろう」

「それなら、彼女の芝居は、完全な無駄骨ですがね」

「無駄だとは、思っていないのかもしれないな」

と、十津川はいった。

肥前鹿島に着いた。

十津川は、答えが見つからず、いらいらしていた。

列車が発車する。

次の諫早《いさはや》までは、一時間以上、停車しない。

それを考えてか、西本が、戻って来た。

「彼女は、どうしている？」

と、十津川がきいた。

「座席に腰を下ろして、じっと何か考えているかと思うと、通路に出て来て、窓の外を見たりしています」

「携帯は、どうしている？」

「誰かに、メールを送っています」

と、西本はいった。

「メールか」

「のぞき込むわけにはいかないので、何処の誰にどんなメールを送っているのかわかりません。それできいてみました。誰にメールを送っているのかと」

「そうしたら、返事は？」

「いえないと、いわれました」

「どうしてなのかな？　どういうつもりだろう？」

「私は、彼女と仁科は、連絡を取り合っているんだと思います」

と、亀井はいった。

「メールを交換してかね？」

「そうです。それなら、声を出さずに連絡が取れて、誰にも知られずにすみますからね」

「しかし、仁科の携帯に、かからなかったんだが」

と、十津川はいった。

「考えてみれば、それも、おかしいと思いますね」

と、亀井がいう。

「どうおかしいんだ？」

「仁科が、今、何処にいるかわかりませんが、今の日本で、よほど辺鄙《へんぴ》な町でない限り、携帯の充電用電池は手に入りますよ。だから、電池がなくなったというのは、信用できないんです」

「では、仁科が、自分で電源を切っていたと思うのかね？」

「たぶん、しめし合わせて、仁科が電話を切っておいて、通じないふりをしていたんだと思います。携帯が通じないので、説得できないという弁明をしたかったんだと思いますね」

と、亀井はいった。

「なぜ、そんな危なっかしいマネをするのかな？」

十津川は、また、考え込んでしまった。

何か、見落としているものがあるような気がして仕方がないのだ。

火をつけずに、口にくわえたままになっていた煙草は、吸口がぬれてしまっている。それを、二つに折って、灰皿に捨てた。

十津川のいらだちを助長するように、携帯が鳴った。

三田村と北条早苗の二人からだった。

「まだ、長崎空港の到着ロビーです」

と、三田村がいった。

「SS会の二人も、ロビーにいるのか？」

「そうです。ずっと、ティールームにいます。どうやら、この店に、SS会の連中が、連絡してくるようになっているみたいです」

「二人の名前は、わかったのか？」

「それについて、北条刑事が説明します」

と、三田村はいい、早苗に代わった。

「搭乗者名簿にあった名前は、長池信之《のぶゆき》と中根哲次《てつじ》です。その名前を捜査四課に照会したところ、SS会のリストにあるそうですから、本名と見ていいと思います。長池の方は傷害の前科があり、中根の方はありません」

「大川原と、奥寺のことは、何かわかったか？」

と、十津川はきいた。

「長池と中根の二人が、時々、携帯で何処かへかけていますから、大川原たちと連絡しているのは間違いないと思います」

「田中刑事たちからの連絡は?」

「まだ、ありません」

と、早苗はいった。

また、三田村に代わって、

「青年海外協力隊の乗る船ですが、やまと丸とわかりました」

「こっちでも、わかった。出航時刻は、今日の午後七時半だ」

「そうらしいです。遅いですね」

と、三田村もいった。

「暗くなっているはずだ。仁科にしてみれば、その暗さにまぎれて、船に乗り込む気でいるのかもしれない」

「仁科の居所はわかりませんか?」

「わからない。それが、不思議なんだがね」

と、十津川はいった。

三田村たちとの連絡が終わると、今度は、田中と片山の二人から、連絡が入った。

「問題の奥寺が見つからずに、困っています」

と、田中はいった。

「長崎には何時頃に着く？」

「十二時までには、長崎の街に入れると思っています」

「仁科の乗る船は、一万トンのやまと丸で、今日の午後七時三十分に出航予定だ」

「ゆっくりですね」

「長崎に着いたら、すぐ、三田村たちに連絡しろ」

と、十津川はいった。

「三田村たちは、どうしています？」

「長崎空港で、SS会の二人を監視している。奥寺もたぶん、空港ロビーにいる仲間に、連絡してくるはずだ」

と、十津川はいった。

「わかりました」

「それから、奥寺だが、長崎では、ライフルで仁科を狙うはずだ」

「はい」

「今日、長崎は、お盆で賑やかだと思う。奥寺が何処で仁科を狙うか、適当な場所を探しておいてほしい。県警とも、相談してみたまえ」

と、十津川はいった。

続いて、日下刑事から、電話が入った。

「今、鳥栖のR病院です。手当てを受け、一週間で退院できるそうです。不覚をとり、申しわけありません」

「君が、悪いわけじゃないよ」

「仁科の行方はまだわかりませんか？」

「残念ながら、わからん」

「恋人の黒田美加が、知っていると思いますが」

「私も、そう思っているが、彼女はいわないんだ。それも、仁科の携帯が故障しているか、電池切れみたいな言いわけを口にしている」

「嘘くさいですね」

と、日下もいった。

「カメさんも、そういっているよ」

「彼女は、何を考えているんでしょうか？」

「なんとしても、二人して、カンボジアに行き、青年海外協力隊として働くつもりだと、思っているんだがね」

「そんなことが許されると思っているんでしょうか？」

「思っているんだろう」

と、十津川はいった。

三人は、空いている座席を見つけ、腰を下ろした。

どの顔にも、いらだちが表われていた。

列車に乗っている限り、動きようがない。その上、肝心の仁科芳男の行方が、わからない。SS会の連中の中では、もっとも危険なライフル男の行方も不明なのだ。

いらだちの中には、仁科と美加のカップルが、なぜ、いうことを聞いてくれないのかという怒りもある。こんなに、同情的に振る舞っているのにである。

亀井が、ポケットから、長崎の市内地図を取り出して、膝《ひざ》の上に広げた。

港の岸壁のところに、小さく、船の印が書き込んである。

列車内から、電話で確認して、書き込んだものだった。

今日、長崎港から出港予定の船は、やまと丸一隻だけだという。

港は、深く切れ込んだ湾の奥にある。

「両側は山ですかね？」

と、西本が、のぞき込んで、きく。

「長崎は、坂だらけの街だからね。そのいちばん低いところに、長崎港があるという感じだよ」

と、十津川がいった。

「そうなると、何処からでも、その船に乗る仁科を狙えそうですね」

と、西本がいう。

「この岸壁の先端近くに、やまと丸は繋留《けいりゅう》されている。乗船する人間は、長いコンクリートの岸壁を歩いて行かなければならないんだ」

「狙われる時間も、長いということですね」

「七時過ぎだから、暗さが、助けてくれるかもしれない」

「税関手続きはどうするんですかね？」

「もちろん、手続きは前もってすませておくさ。乗船は午後七時開始で、七時半出航になっている」

と、亀井はいった。

「面倒になる前に、仁科が、自首してくれれば、いちばんいいんだがね」

と、十津川はいった。

「終点の長崎に着く前に、もう一度、美加を説得してみましょう。なんとか、仁科に連絡を取って、警察に自首させるんです」

亀井がいった。

「そうだな」

「長崎に着いたら、彼女を、どうするつもりですか？」

と、西本がきいた。

「どうするって？」

十津川がきき返す。

「彼女は、仁科の居場所を知らないといっていますが、私は、知っていると睨んでいます」

「たぶん、知っているだろうね」

「だとしたら、彼女を長崎警察署へ連れて行き、出航するまでの間、留めておいたらどうでしょうか？　必ず仁科の方から、彼女の携帯に連絡してきます」

西本は、確信ありげに、いった。

「君のいうとおりだと思うが、彼女が、警察署に行くのは嫌だといったら？」

と、十津川がいった。

「犯人隠匿容疑で、逮捕したらどうでしょう？」

「彼女が、仁科を隠しているという証拠はあるかね？」

「彼女は、仁科のいる場所を知っていますよ」

「ああ。だが、知っているという証拠はないんだ。それに、彼女は、東京の殺人事件とは、完全に無関係だから、拘束はできない」

と、十津川はいった。

諫早に着いた。

次は、長崎である。

「彼女を呼んで来ます」

と、西本がいった。

あと、二十六分で、長崎に着く。

列車が出発してすぐ、西本が、美加を連れて来た。

十津川は、自分の前に、彼女を座らせた。

「まもなく、長崎です」

と、話しかけた。

「何度もいいましたが、私たちは、仁科さんを逮捕するつもりです。いちばんいいのは、彼が自首してくれることで、そうすれば、裁判で情状酌量されることは、あなたも知っていると思う。だから、あなたから、仁科さんに連絡して、説得してもらいたいんですよ」

「残念ですけど、彼と連絡が取れないんです」

と、美加はいった。

十津川は、小さく、首をすくめた。

「正直にいいますとね。私たちは、あなたが、今も、仁科さんと連絡を取り合っていると思っているんですよ。彼のためにも、なんとか、自首するようにいってくれませんか」

「できないんです」

と、美加は、かたくなに繰り返した。

「長崎に着いたら、どうするつもりですか？」

「午後七時まで待って、それから船に乗ります。他の隊員と同じように」

「仁科さんは、どうすると思いますか？」

「わかりません。何度もいいますが、彼に連絡が取れないんです」

「強情な女だな」

と、思わず、亀井が、感情をむき出しにして、彼女を睨んだ。

美加も、きっと、睨み返す。

「そんなことをいってて、彼が、SS会の連中に殺されたら、どうするんだ？」

「それほど心配してくださるのなら、SS会の人たちを、さっさと捕まえてください」

と、亀井がいった。

「何もしない人間を逮捕はできないんだよ。君を逮捕できないのと同じだ。連中が、殺人を犯して、初めて、逮捕できるんだ。それでは遅いことを、よく考えてみた方がいい。

彼の死体を見ることになってからでは、手おくれですよ」

「私を脅かすんですか」

美加は、負けずに、いい返した。

（これ以上、説得しても、無駄かな）

と、十津川は思った。

列車が、長崎市内に入って行き、車内アナウンスが、まもなく、終着駅長崎到着を告げた。

乗客が降りる仕度を始めて、車内があわただしくなる。

「失礼します」

と、いって、美加が立ち上がった。

それを見送ってから、西本が小声で、

「尾行しますか？」

と、十津川にきいた。

「ああ、ただし、尾行以外のことはするなよ」

と、十津川はいった。

列車が停車した。

西本が、先に降りて行く。

十津川と亀井は、乗客の最後に、ホームに降りた。

「国鉄一家か――」

と、ホームを歩きながら、十津川が呟いた。

「何です？」

「昔、JRは、国鉄で、一本化されていた。だから、働く人間は、国鉄一家といわれて、強い連帯感があった」

「今でも、同じ鉄道マンということで、連帯感を持っているんじゃありませんか。特に現場の人間は」

と、亀井はいってから、

「しかし、なぜ、そんなことをいわれるんですか？」

「なぜか、急に、その言葉が、頭に浮かんだんだ」

と、十津川はいった。

第六章　あるリレー

1

駅前の小さな広場で、地元の青年たちが、ジャズコンサートの準備をしていた。何処かで、爆竹の音がしている。

十津川は、先に出た西本に、携帯で、黒田美加を追う前に、まずは三田村たちと連絡を取るようにいってから、亀井と駅近くの喫茶店に入った。

十津川には、どうしても調べたいことがあったからである。

二階にある窓際のテーブルに着き、十津川は、自分の考えを、亀井に説明した。

「仁科のことだが、いくら調べても、列車内に彼の姿はなかった」

「そうです」

「だが、私は、彼は長崎着のブルートレインに乗っていたと思っている」

「ええ」

「乗務員室も、荷物車も調べたが、彼は隠れていなかった」

「そうです」

「とすると、残るのは機関車だけだ」

と、十津川はいった。

「しかし、機関車に、一般人は乗れませんよ」

「わかっている」

「それに、東京から長崎まで、一両の電気機関車で牽引して来たんじゃありません。その方が問題だと思いますよ」

亀井は、東京から長崎まで、何両の機関車が牽引したかを数えた。

東京を出発した頃は、JR東日本の電気機関車が牽引した。

下関で、関門トンネル内専用の、潮風に強い機関車と交代。

門司で、JR九州の電気機関車と交代。

鳥栖で、列車が、〈はやぶさ〉と〈さくら〉に切り離されたので、〈さくら〉に新たに電気機関車がついた。

「全部で四両の機関車が、使われています」

と、亀井はいった。

「そうなんだ」

「たまたま、一両の機関士がもの好きで、仁科を運転席に乗せたとしても、他の三両の機関士まで乗せるというのは、難しいんじゃありませんか」

「確かにそうだが、昔、国鉄一家愛のリレーという新聞記事を読んだことがあるんだ」

「国鉄一家ですか」

「JRが国鉄だった頃だ。ブルートレインの〈はやぶさ〉は、西鹿児島まで行っていた。何を運んだのか忘れてしまったが、機関士はリレーして、東京から西鹿児島まで運んだ。美談として、新聞にのっていたんだ」

「しかし、今は、JRとして分かれてしまっていますが」

「ああ。だが、同じ機関士としての連帯感は持っているんじゃないか。それに、ブルートレインの機関士は、ベテランの五十代の人が多いと聞いている」

「つまり、国鉄時代に、機関士になったということになりますね」

「それなら、お互い知っているんじゃないかという気がする。それに機関車が交代する時、ホームで、なぜか紙片を渡し、握手をしていた。何かを頼むようにね」

と、十津川はいった。

「それに、仁科の恋人の黒田美加の様子も、引っかかった。彼女は、仁科と携帯が通じないといい、何処にいるかも知らないといったがね」

「あれは嘘ですよ」

「カメさんも、そう思ったか」

「ええ。心配そうにしてましたが、眼は落ち着いていましたからね。あれは、彼の居所を知っている眼です」

「同感だ」

「警部は、他にも、彼女のことで、引っかかることがあるみたいですね」

「私たちは、彼女に向かって、仁科を自首させろといった」

「ええ。しかし、彼女は、なかなか応じませんでしたね」

「ずっと応じなかったのなら、私はおかしいとは思わなかったんだが、彼女は、突然、仁科に自首をすすめるような口ぶりになったんだ」

「それは、彼女がわれわれを欺す芝居をしていると、私は受け取っていたんですが」

「私も、最初は、そう思っていたんだがね。彼女が、急に仁科を自首させるような口ぶりになる時に、一つの決まりがあることに気づいたんだ。それは、列車が下関に近づいた時、次は関門トンネルを抜けて門司に着く時、そして、列車が鳥栖に近づいた時だった」

「全部、機関車をつけかえる場所ですね」

「それに気づいたんだよ。問題の駅に近づくたびに、彼女は、気を持たせるようなことをいうんだ。私たちに、ホームを見させないようにしたんじゃないか。ホームを見ていたら、機関車を乗りかえる仁科の姿が見えてしまうのを、恐れたんじゃないのかな」

「しかし――」

「そうさ、全部私の想像だ」

と、いいながら、十津川は、警視庁捜査一課の本多一課長に電話した。

まず、自分の想像を話したあとで、

「昨日の午後六時〇三分に東京駅を出発した〈さくら・はやぶさ〉の機関士のことを調べてほしいんです。仁科芳男と、何かの関係があるかどうか。どこかで、つながりがある気がするんです。それに、この機関士の性格も調べてください」

「いつまでにだ」

「今日の午後七時に、仁科の乗る船の乗船が始まりますから、その一時間前までには、と思います」

「わかった、なるべく早く知らせるよ」

と、本多はいった。

2

本多一課長から、この捜査を命じられたのは、宝井《たからい》と田代《たしろ》という二人の刑事だった。

二人は、まず、東京駅に行った。

前日、東京駅を出発した〈さくら・はやぶさ〉を牽引した電気機関車は、ＥＦ６６４５だと、すぐわかった。

乗務員の名前も、すぐわかった。

北村《きたむら》　機関士（五十五歳）

だが、そのあとが難しかった。

北村が、下関へ行ってしまっていたからである。

二人は、ＪＲ東日本機関区で、同僚の機関士たちから、北村の評判を聞いた。


「根っからの鉄道屋」

「頑固だねえ」

「演歌しか歌わない。歌えない」

「ちょっと古いな」

「義理人情の世界だね」

「ブルートレインの機関士で、終わりたいと思ってるね」

「乱暴な口をきくけど、本当は、家族を大事にしてるよ」

「負けん気だよ」

そんな言葉が、彼らの口から、飛び出してきた。

次に、二人の刑事は、北村の住所を聞き、そこにパトカーを飛ばした。

練馬区石神井《しゃくじい》の家だった。

小さくて古いが、庭はきれいに整えられていて、住んでいる人間の性格が表われている感じだった。

五十代の美代子《みよこ》という妻に会った。

「仁科芳男という青年を、ご存知ですか？」

と、宝井刑事がきいた。

「いいえ」

と、美代子は首をふる。

「息子さんは、いらっしゃいますか？」

田代刑事がきいた。

「いいえ。娘はおりますが、結婚して、大阪におります」

と、美代子はいった。

（すると、仁科芳男とは、関係がないのか？）

と、二人の刑事は思った。

こんな報告では、本多一課長は、喜ばないだろう。

しかし、息子はいないし、娘はすでに結婚していては、仁科芳男と結びつきようがないではないか。

「仁科という親戚の方はいませんか？」

と、宝井はきいてみた。

「いいえ、おりません」

と、美代子はいう。

「この近くに、仁科という家はありませんか？」

「聞いたことは、ございませんけど」

と、美代子はいう。

JR東日本の機関区にも、仁科という機関士はいなかったのである。

「そろそろ、おいとましようか」

仕方なく、宝井は、腰を上げた。

二人は、美代子に送られて、玄関まで出たが、その途中で、急に宝井が立ち止まった。

「この部屋は？」

と、玄関脇の部屋に眼をやった。

ドアが少し開いていて、六畳の部屋が、のぞけたのだ。

「何でしょう？」

と、美代子がきく。

「拝見して、かまいませんか」

と、宝井はいった。

「どうぞ。かまいません」

と、美代子はいった。

「どうしたんだ？」

田代がきく。

宝井は、黙って、部屋に入った。

二十代と見える青年の写真が、飾ってあった。

机が置かれ、少し古い型のパソコンがのっていた。

「息子さんは、いないんじゃありませんか？」

と、宝井は、美代子を見た。

「ええ。亡くなったんです。ここは、息子が使っていた部屋で、そのままにしてあります」

と、美代子はいった。

「それはどうも」

「ご病気ですか？」

田代がきいた。

「マラリアで亡くなりました」

「マラリアとは、珍しいですね」

「向こうでは、珍しくありませんわ」

「向こう？」

「カンボジアですわ」

「カンボジアで亡くなったんですか？」

「ええ。青年海外協力隊で、カンボジアへ行き、向こうでマラリアにかかったんです」

その言葉で、二人の刑事は、顔を見合わせた。

「青年海外協力隊にいたんですか？」

「ええ、亡くなったのは悲しいですけど、私は、息子を誇りに思っていますわ」

と、美代子は、いった。

「ご主人も同じですか？」

「ええ、もちろん」

「さっきいった仁科芳男という青年ですが、彼も、青年海外協力隊に入っていて、今日、カンボジアへ向かって出発することになっているんです」

と、田代がいった。

「そうなんですか。でも、隊員の方、全部のお名前は知らないので。申しわけございません」

美代子は、律儀に小さく頭を下げた。

「同じ年頃で、青年海外協力隊の若者と聞くと、息子さんのように感じますか？」

と、宝井がきいた。

「それは、もう。きっと、あの子のように感じると思いますわ。がんばってほしいと思いますし、マラリアにかからないように、祈ります」

「ご主人も、同じ気持ちですかね？」

「ええ。主人の方が、感激家だから、余計だと思いますけど」

と、美代子は微笑した。

3

午後三時。

長崎の喫茶店で、十津川は、本多一課長からの返事をもらった。

「ここまでわかったが、肝心の北村機関士に連絡が取れない」

と、本多はいった。

「今のところ、十分です。あとは、こちらで調べます」

と、十津川はいった。

十津川は、亀井に、本多一課長の話を、そのまま伝えた。

「それで、北村機関士が、仁科芳男を助けて、機関車に乗せる動機があったことはわかりましたね」

と、亀井がいった。

「だが、本当に機関車に乗せたという証拠はない」

と、十津川はいった。

「当の北村機関士に会って、話を聞いたらわかるんじゃありませんか？」

「今、探している。しかし、いわないと思うね。仁科が乗った船が、出航するまでは」

と、十津川はいった。

「そうですかね」

「義理人情に厚く、頑固な男だそうだ。助けた人間は、徹底的に助けるだろう」

「じゃあ、どうしますか？」

「今回、四両の機関車が使われている。つまり、四人の機関士が関係していることになる。九州へ入ってからは、ＪＲ九州の機関士だ」

「鳥栖から長崎まで運転した機関士は、今、長崎駅にいるはずですね」

「行こう」

と、十津川は立ち上がってから、

「少し嘘をつくかもしれないが、口裏を合わせてくれ」

と、十津川はいった。

長崎駅に戻って、駅長に会った。

「〈さくら〉を引っ張って来た電気機関車の機関士に会いたいんですが」

と、十津川はいった。

駅長は、すぐ、池内《いけうち》という機関士を、駅長室へ連れて来てくれた。

やはり、五十五、六歳に見える男だった。

「何のご用でしょうか？」

と、警戒する眼で、十津川たちを見た。

「実は――」

と、十津川は切り出した。

「仁科芳男という青年の家族から、安全確認の要請があったんです。彼は、東京の人間で、青年海外協力隊に入っていて、今日の午後七時半の船で、カンボジアに向かうことになっています」

「それが、私と何の関係が？」

と、池内はきいた。

「彼は、理由がわかりませんが、東京のＳＳ会という暴力グループに追われています。それで、両親は心配して、午後七時半の船に無事乗れるようにしてくれと、われわれ警察に要請してきたのです」

「――――」

「われわれとしても、青年海外協力隊のような立派な仕事をしている青年は、ぜひ、助けたいのです。昨日の〈さくら〉に乗ったというので、その列車を調べましたが、乗っていたのはＳＳ会の連中だけで、肝心の仁科芳男は、見つかりませんでした。その上、列車の中で、殺人事件まで起きました」

「そのことは、聞いていますよ」

と、池内はいった。

「われわれは、彼が、列車を牽引する電気機関車に隠れていたのではないかと、考えたんです。それで、東京から、〈さくら・はやぶさ〉を牽引したＥＦ６６４５の北村という機関士に話を聞きました。彼の息子さんは、青年海外協力隊の一員で、カンボジアで、マラリアにかかって亡くなったと聞きました」

十津川がいうと、池内は、やっと、微笑した。

「そうなんです」

「北村機関士は、仁科芳男を機関車に乗せたと話してくれました。ただ、北村さんは、自分は長崎まで仁科芳男を運んでやれなかった。それで、彼は、他の機関士たちが、ちゃんとリレーして、仁科芳男を長崎まで運んでくれたかどうか心配しているんです。そのリレーのアンカーは、あなたです。どうなんですか?」

十津川がきいた。

池内は、黙って、小さくたたんだ紙片を、二人に見せた。

十津川が広げた。


〈おれたち機関士の連帯感に期待して頼む。

この青年(仁科芳男君)は、青年海外協力隊の立派な人間だ。

暴力団に追われているので、長崎まで、機関車に隠して運んでほしい。

おれたち機関士のリレーで頼む。

機関士　北村　努《つとむ》〉

「それで、仁科芳男を、長崎まで運んだんですね？」

亀井がきいた。

「ええ、運びました。それを、北村機関士に知らせたいんですが、連絡がとれなくて」

と、池内がいう。

「私たちから、連絡しておきますよ」

と、十津川はいった。

二人は、今度こそ、本当に、長崎駅を出た。

「仁科芳男は、この長崎に着いていましたね」

と、亀井が、歩きながら、いった。

駅前広場では、ジャズコンサートが始まっていた。

西本から、携帯にかかってきた。

西本は、尾行していた黒田美加に、まかれたことを報告したあとで、

「三田村と北条早苗は、連絡がとれました。二人は、今も長崎空港にいます。ＳＳ会の四人が着いたそうです」

「二人、増えたんだな」

「そうです。ただし、リーダーの大川原の姿は見えないそうです」

「奥寺を追っている、田中と片山からの連絡は？」

「ありましたが、奥寺は見失ったままだそうです。これから、どうしますか？」

「まだ、十分に時間がある。集まって、これからの方針を検討することにする。集まる場所はだな」

十津川がいい、亀井が長崎市街図を見た。

「長崎駅近くに、ホテルGがある。そこの一階ロビーに集まってくれ」

と、十津川はいった。

「他の連中にも伝えます」

と、西本はいった。

十津川と亀井は、ホテルGに入った。

冷房の利いたロビーに入って、二人はほっとした。同じ夏でも、東京に比べると、太陽のギラつき具合が激しいのだ。

西本たちが、集まってきた。

最後に、田中と片山の二人が、パトカーに乗ってやってきた。

どの顔も、汗だらけだった。

冷たいものを飲んで、汗をふいている。

「奥寺健を見失ってしまい、申しわけありません」

と、田中と片山がいった。

「それより、問題は、これからだ」

と、十津川はいった。

十津川は、まず、腹ごしらえをすることにして、刑事たちを、ホテル内のレストランに連れて行った。

好きなものを注文させてから、十津川は、鳥栖の病院に電話して、日下刑事の容態をきいた。

若いだけに、回復の度合が著しいと聞いて、十津川は安心した。

レストランで食事をしながら、十津川は、説明した。

「機関士たちのリレーによって、仁科芳男が、ブルートレイン〈さくら〉と一緒に長崎に着いたことは、間違いない。今は、たぶん、恋人の黒田美加と一緒にいるだろう」

彼は、池内機関士から借りて来た手紙を、刑事たちに見せた。

「東京駅で、最初に北村機関士に、仁科を機関車に乗せてくれと頼んだのは、誰なんでしょうか？」

と、三田村がきいた。

「今は、まだわからないが、青年海外協力隊の仲間は、北村機関士の息子のことは、みんな知ってるんじゃないのかね。だから、誰かが頼んだんだろうと思うが、個人名は、まだわかっていない」

と、十津川はいった。

亀井が、購入した大きな長崎市街図を、みんなの真ん中に広げた。

「現在、四時二十一分だ」

と、十津川はいった。

「仁科芳男は、この時点で、恋人の黒田美加と一緒に、この街の何処かで時間が来るのを待っているはずだ。二人とも、警察とＳＳ会の双方から追われていることは知っているから、お盆だといっても、街中を歩き廻ることは考えられないな」

「今日、何人の青年海外協力隊が、出発するんですか？」

と、早苗がきいた。

「全員で、百八十六人。うち、男が百二十人、六十六人が女だ」

と、亀井はいった。

「彼らも、もう長崎に着いているんでしょうね？」

「たぶんね」

「彼らは、乗船する時、ユニホーム姿ですか？」

「それも調べてきた。これが、青年海外協力隊のユニホームだ」

亀井が、二枚の写真を刑事たちに見せた。

男と女のそれぞれの写真である。

どちらも、紺の背広と、スカートに、赤いネクタイ。そして、胸に日の丸をつけている。

「このユニホーム姿で、どっと乗船を始めたら、その中から仁科を見つけ出すのは、大変ですね」

と、西本がいった。

「ああ。だが、仁科は船には乗せない」

と、十津川はいった。

「SS会の連中は、何人が、長崎に来ていると思われるんですか？」

三田村がきいた。

「リーダーの大川原と、ライフルの奥寺健、それに四人の仲間の合計六人と考えられている」

と、十津川はいった。

「その中で、いちばん危険なのは、奥寺ですね」

「たぶん、彼は、一人で、狙撃にいちばんいい場所を探しているだろう。他の五人は、長崎の街を歩き廻って、仁科を探しているはずだ」

「われわれは、どうしますか？」

「午後六時に、ここに集まることにして、それまで、長崎の街を歩いてみてくれ」

十津川は、地図の上の一点に指を置いた。

そこは、グラバー邸の下にあるレストランだった。

4

仁科と黒田美加は、伊王島《いおうじま》にいた。

伊王島は、長崎港外十キロ沖にある島で、高速艇で二十分で着く。

今、長崎市内には、自分たちを探して、刑事とSS会の連中が、歩き廻っているはずだった。

午後七時の乗船まで、市内から離れていたかった。

もちろん、その伊王島が、絶対安全というわけではなかったが、市内にいるよりは安心できるだろう。

それに、午後六時に、ここで、青年海外協力隊の仲間八人と落ち合うことになっていた。彼らが二人のユニホームを持って来てくれることになっている。

二人は、レンタサイクルで、島内を廻ることにした。

細長い、小さな島だが、見所はいくらでもあった。

まず、港に近い沖之島《おきのしま》天主堂を訪ねた。青空をバックに、白い尖塔《せんとう》が映えるゴシック様式の教会堂である。

中に入って祈りたいという美加に対して、仁科は、外で待っているといった。

「ボクは、正当防衛とはいえ、人を殺してるんだ。中には入れないよ」

「じゃあ、私も、お祈りはやめるわ」

と、美加はいった。

「まさか、君は、クリスチャンじゃないだろうね。ボクは、今、なんとしてでも、カンボジアに行きたいんだ。向こうの人たちのために、二年間、働きたいんだ。井戸を掘りたい。道路を修理したい。学校を建ててやりたい。そのあとなら、何年刑務所へ入ってもいい。だから、今、懺悔《ざんげ》なんかしたくないんだよ」

と、仁科はいった。

「そうよ、あなたは、懺悔なんかする必要はないわ」

「ありがとう」

「私たちは、絶対に、あなたを船に乗せるわ。六時に落ち合う仲間も、そのつもりよ」

「ありがたいが、迷惑はかけたくない」

と、仁科はいった。

「迷惑じゃないわ。みんなが、あなたを必要としているの。だから、みんなは、自分たちのために、あなたを一緒に連れて行きたいと思っているんだわ」

「それなら、甘えていいんだ」

仁科が微笑した。

二人は、自転車を走らせた。

陽差しは強烈だが、海風は心地よい。

俊寛《しゅんかん》の墓に着く。二人とも、俊寛が何者か知らなかった。

案内板に書かれた文字で、その人物を知るより仕方がない。

平安時代、平清盛を討とうとしたと疑われて捕えられ、島流しになった僧侶の墓だとある。歌舞伎などでは、鬼界島《きかいがしま》に流されたことになっているが、実際は、この伊王島といわれている。

「流されたのがこの島なら、泳いで、本土へ戻れるんじゃないかな」

と、仁科はいった。

「仁科クンは、どのくらい泳げるの?」

「五キロの遠泳は、やったことがある」

「でも、この島から長崎まで、十キロだと書いてあったわ」

「五キロ泳げれば、あとの五キロは、惰性《だせい》で泳げるよ」

と、仁科はいった。

「そんなものなの」

「そう思うことにしている。今度もそうだ。警察とヤクザに追われていても、なんとか、長崎まで来られたんだ。このまま船に乗って、カンボジアまで行けるはずだと思っている」

と、仁科はいった。

次に二人は、千畳敷《せんじょうじき》に向かった。

千畳敷は、他にもある。南紀白浜のものが有名だが、景色は、よく似ている。

五十メートル余りの平らな岩が、畳のように広がっていた。

ここには、十五、六人の観光客がいて、その観光客目当てに、氷を売る店が出ていた。

最初、二人は、観光客の中に、刑事や、SS会の連中がいるのではないかと警戒したが、その気配はなかった。

二人は、安心して、氷あずきを注文し、眼前のエメラルドグリーンの海を楽しみながら、スプーンを動かした。

そのあと、美加が、長崎市の地図を広げた。

「ここが、やまと丸の繋留されている岸壁」

と、美加は、そこに、ボールペンで小さく船の形を書き加えた。

「船は、岸壁の先端にとまっているんだ」

「そうよ。だから、この長い岸壁を歩いて行かなければならないの」

「刑事たちや、SS会の連中は、その間でボクを捕まえようとするだろうな」

「列車の中で、刑事は四人いて、一人は病院へ運ばれたわ。他にもいると思うから、十人はいると思わないとね」

と、美加はいった。

「SS会の連中も、そのくらいと思う。厄介だ」

「でも、こっちは、百八十六人いるわ。それも、同じユニホーム姿だから大丈夫。おまけに、午後七時を過ぎれば暗くなるから、その中で、百八十六人の中から、仁科クンを見つけるのは、難しいと思うわ」

と、美加はいった。

仁科は、地図をじっと見つめた。

「岸壁の根元のところに、税関分室と国際船待合所があるんだ」

と、確かめるように、いう。

「この岸壁を見下ろす高台に、有名なグラバー邸があるわ」

と、美加が付け加えた。

「そこに展望台があって、港がよく見えるわ。百円を入れる双眼鏡があったりするの」

「よく知ってるね」

「三年ぐらい前に、グラバー邸や浦上《うらかみ》天主堂を見て廻ったことがあるのよ」

「ここへ来る船の中で見たんだけど、この岸壁の反対側に、バカでかい客船が繋留されていたね」

「私も見たわ」

「初めは、大きなビルに見えたんだが、よく見ると船だった」

「私の調べたところでは、ヨーロッパの注文で、M造船で建造中の十万トンの客船だそうよ」

「十万トンというと、クイーン・エリザベスⅡ世号より大きいんだ。道理でバカでかいと思ったよ」

「現在、ドックの外に繋留して、船内の艤《ぎ》装《そう》をしているところらしいわ」

「どうして、そこまで調べたんだ？」

仁科が、不思議そうに、きいた。

「今日は大事な日になるから、長崎港の周囲のことは、すべて気になってるの」

と、美加はいった。

5

ＳＳ会の大川原は、レンタカーを借りた。

自分でハンドルを握り、助手席には奥寺を乗せた。

他の四人にも、車を借りて、勝手に市内を廻って、仁科を見つけ次第、殺せと命じた。

「ライフルは、安全な所に隠してあるな？」

大川原は、確認するように、奥寺にいった。

「大丈夫です。いつでも取り出せるところにあります」

「いいか、仁科が船で出港する前に、さっきの四人が見つけ出して、始末できれば、それでいい。だがうまくいかなかった時は、お前が頼みだ」

「わかっていますが、何処で狙撃します？」

「それを、これから、探しに行くんだ」

と、大川原は、アクセルを踏んだ。

車は、駅前から、２０２号線を南に向かって、ゆっくり走っていく。

大通りには、長崎名物の市電も走っている。長崎電気軌道である。

長崎港が右手に広がっていた。

玉江橋《たまえばし》を渡り、出島《でじま》の脇を通る。

問題の岸壁に近づいたが、岸壁は車で入れなかった。

駐車場に車を入れ、降りようとして、大川原は急に、

「ちょっと待て！」

と、小さく叫んだ。

「どうしたんです？」

「本庁の刑事だ」

「何処です？」

「岸壁を、こっちへ向かって歩いてくる二人連れだ。間違いない」

と、大川原はいう。

「向こうさんも、下見ですかね？」

「警察だって、面子にかけても、仁科を国外に逃がしたくないんだろう」

「警察の面子ですか」

「だが、おれたちも、絶対に奴を警察に捕まえさせてはいけないんだ。裁判にでもなれば、せいぜい、二、三年の刑だ。下手をすれば、正当防衛を主張して、執行猶予だ。それで我慢ができるか？」

「できませんね」

「そうだろう。だから、おれたちは、仁科を、船にも乗せず、警察にも渡さず、殺す」

と、大川原は宣言した。

そのあと「行くぞ！」と、車のドアを開けた。

二人は、車の外に出た。

クラクラする暑さだが、大川原も、奥寺も、その暑さを感じていなかった。

サングラスをかけ、岸壁に出る。

コンクリートが、先端に向かって続いていた。

二人は、ゆっくり、歩き出した。

「右手に、大きな船が見えますね」

歩きながら、奥寺がいう。

「あれは、ノルウェイの船会社が注文した十万トンの客船で、今、ドックの外で艤装中だ」

「十万トンですか。でかいはずだ」

「客は誰も乗っていないから、気にすることはないんだ」

岸壁の先端に着いた。

白い客船が、待っている。

「小さな船ですね」

と、奥寺がいう。

大川原は笑って、

「向こうの十万トンに比べれば小さいが、一万トンあるんだ」

船は、盛んに荷物の積み込み作業中だった。

デッキに「第×次青年海外協力隊」の文字が見えた。

二人は、ゆっくりと、距離を測るように、戻って行った。

「さて、何処で狙う？」

と、大川原がきいた。

「グラバー邸へ行ってみたいんですが」

と、奥寺はいった。

坂道を上がっていくと、グラバー邸の入口に通じている。

そのまま、ゆるい坂道を上がっていけば、グラバー邸だが、途中に、展望台に上がる細い石段があった。

そばに身障者用の小さなリフトがついている。

二人は、石段を上がっていった。

三十畳くらいの展望台だった。

作りつけの双眼鏡もあった。五、六人の観光客がいたが、照りつける太陽に辟易《へきえき》した

のか、すぐいなくなった。

大川原と奥寺は、手すりにもたれて、港に眼をやった。

広い展望台だが、いちばんいいのは、例の岸壁が近くに見えることだった。

奥寺は、ポケットから、銃に取りつけるスコープを取り出して、それをのぞいた。

「岸壁までの距離は、どのくらいだ？」

と、大川原がきく。

「約二〇〇メートルです」

「その距離で、狙えるか？」

「二〇〇メートル以内なら、一発で、頭を吹き飛ばせます」

と、奥寺はいった。

「自信満々だな」

「ちょっと気になるのは、午後七時というと、周囲が暗くなっていることです」

と、奥寺はいった。

「そうだな」

「岸壁に灯りは見えますが、どのくらいの明るさなのかわかりません」

「どのくらいの明るさがいいんだ？」

「いちばんいいのは、明かりの中に標的が浮かび上がってくれることですが」

と、奥寺はいった。

「明かりの中に浮かび上がるか」

「そうです。それなら、狙いやすいんですが」

「そうか、なんとかしよう」

と、大川原はいう。

奥寺は驚いて、

「なんとかできるんですか？」

「なんとしてでも、仁科は、殺さなければならないんだ。だから、考えるさ」

と、大川原はいった。

そのあとで、改めて気づいたように、

「畜生。クソ暑いな！」

と、吐き捨てるようにいった。

「下で、冷たいものでも飲みませんか」

「いいだろう」

二人は、石段を下りていき、展望台から見えた、土産物店兼レストランに入った。

表には、長崎名物のみやげ品がずらりと並んでいて、奥がレストランになっている。

二人は、奥のテーブルに腰を下ろし、アイスコーヒーを頼んだ。

遠くで、花火をやっている音がする。アイスコーヒーを運んで来たウエイトレスが、

「爆竹ですよ」

と、教えてくれた。

「今はお盆ですからね」

「長崎じゃ、お盆には爆竹を鳴らすのか？」

「長崎は中国式で、花火というと爆竹なんです。陽が暮れると賑やかになりますよ」

と、いう。

大川原は、奥寺と顔を見合わせて、ニヤッとした。

「そりゃあ、楽しいだろうね。この店でも売ってるの？」

「売っていますよ」

二人は、立ち上がって、土産物店の方に行ってみた。

なるほど、長崎名産として、花火も売っていたが、ウエイトレスのいうとおり、七割近くが爆竹だった。

火をつけたら、激しい勢いで、パン、パンと鳴り続けるだろう。

大川原は、爆竹を、二万円分買い込んだ。

「陽が落ちたら、みんなで、この岸壁近くで盛大に爆竹を鳴らしてやろうじゃないか」

と、大川原は、楽しそうにいった。

6

十津川と亀井の二人は、ロープウェイを使って、長崎で、いちばん眺望《ちようぼう》がいいといわれる稲佐山《いなさやま》に登って行った。

長崎市内では、いちばん高く、標高は三三三メートルである。

十津川は、一度、長崎の街を俯瞰《ふかん》したかったのだ。

山頂は稲佐山公園になっていて、展望所がある。二人は、そこから長崎市内を見下ろした。三六〇度の展望である。

ここからの夜景は、函館の百万ドルに対して、一千万ドルという。そのせいか、ドーム型の展示室には、長崎の夜景の大きなパネルが飾ってあった。

観光客に混じって、二人は、入念に長崎の街を眺め続けた。

長崎の街、長崎港の形が、よくわかる。

JR長崎駅の近くから、長崎港がくの字形に南に延びて、海につながっている。

北、東、西には、二、三〇〇メートルクラスの山が連なっていて、三方を山に囲まれた盆地に、街がある形である。そのため、坂が多い。広がるために、山の斜面に張りつくように家が建ち並ぶ形になるからだ。

問題の岸壁は、展望所からは港の反対側に見える。

青年海外協力隊の乗る、一万トンのやまと丸の白い船体も見えた。

その長い岸壁も、急な斜面につながっている。

「あの斜面の何処からでも、狙撃できるな」

と、十津川はいった。

「港の反対側に、巨大な客船が浮かんでいて、気になりますね」

と、亀井がいった。

「十万トンの客船で、今、船内の艤装中だ」

「あの船から、狙撃される恐れはありませんかね？　岸壁の背後の斜面からよりも、間に海面しかありませんから、狙いやすいかもしれませんよ」

「あの客船から、岸壁までの距離はどのくらいあるんだろう？」

「五〇〇メートルくらいじゃありませんか」

「今のライフルの射程はどのくらいなんだ？」

「有効射程は、八〇〇メートルくらいだと聞いたことがあります」

「八〇〇メートルもあるのか」

「スコープをつけて、銃の名手が使えば、五〇〇メートルでも、楽に標的に命中させられると思いますが」

「となると、あの客船も、マークしておく必要があるな」

十津川は、難しい顔になって、いった。

「夜も、艤装工事をしているんでしょうか？」

「どうかな。とにかく、大きな船だから、忍び込むのも楽だろう」

と、十津川はいった。

彼の携帯が鳴った。西本からだった。

「今、港周辺のホテル、旅館を当たっていますが、まだ仁科と思われる男と、黒田美加と思われる女がいる気配はありません。時間まで、何処かのホテル、旅館で息をひそめているんですが」

「そうだな」

「驚いたことに、SS会の連中が、例の似顔絵を持って、同じように、市内のホテル、旅館を廻っています」

「考えていることは、同じだな」

「ホテル、旅館でないとすると、二人は、何処に隠れているんでしょうか？」

西本がきく。

「そうだな、午後七時までに、やまと丸に来ればいいんだから、それまで、ひょっとすると、長崎から離れているかもしれないな」

と、十津川はいった。

「長崎の外ですか？」

「もちろん、一時間以内に戻って来られるぐらいの所だろうがね」

と、十津川はいった。

「そうなると、範囲が広すぎます」

と、西本はいった。

「すでに、五時を廻っている。今から、その場所を探しても仕方がない。君たちは、二人で、港の中で艤装中の巨大客船の様子を調べて来てくれ。あの客船は、問題の岸壁の、ちょうど反対側に繋留されている。そこから狙撃される恐れも、十分あるからだ」

「わかりました。他の三人は何をしますか？」

「青年海外協力隊の連中は、全員、すでに長崎へ来ているはずだ。今、どんな様子なのか、調べてほしい。特に、仲間の仁科芳男のことを、どう考えているか知りたい」

と、十津川はいった。

7

西本と北条早苗の二人が、すぐ、M重工長崎造船所に向かった。

この辺りは、M重工の工場が並んでいて、海沿いの道はM重工通りと呼ばれている。

こちら側から、間近に見る客船は、圧倒的な巨大さで、西本たちの眼に迫って来た。

船というより、十八階建てのビルだった。

二人の刑事は、事務所で、責任者の三崎《みさき》という男に会った。

事務所の窓を開けると、船体の一部が迫って見えた。

「今、あの船は艤装中ですね」

と、西本は、船体を見ながら、いった。

「そうです」

三崎が肯く。

「今日は、何時まで、作業は行なわれるんですか？」

「実は、一カ月近く、遅れていましてね。引き渡し期限が決まっているので、ここのところ、夜の九時頃まで、作業を続けています。今日も、そうなると思います」

「どんな作業ですか？」

「各船室の電気配線、ガス管、水道管などの敷設。それに、船室の床にじゅうたんを敷いたり、いろいろな作業が入っています」

「今日は、何人の作業員が働いているんですか？」

と、早苗がきいた。

「二十七人です」

「ガードマンは、ちゃんと配置されていますか？」

西本がきいた。

「一応、配置はしてありますが、まだ、家具などを船室に入れているわけですから、盗られるものはありません」

と、三崎は笑った。

「でも、勝手にホームレスなどに侵入されたら困るでしょう？」

早苗がきいたが、三崎は、まだ笑顔を崩さずに、

「冷房も入っていませんし、今、暑いから、ホームレスも敬遠するんじゃありませんかね」

「ガードマンは、何人ですか？」

「現在二人です」

「たった二人ですか？」

「しかし、二十七人もの人間が働いていますからね。九時以後は、連絡口に錠《じょう》をかけてしまいますから、二人で十分なんですよ」

と、三崎はいった。

二人の刑事は、当惑した。この客船に侵入した人間が、そこから向かいの岸壁の人間

をライフルで狙撃すると話しても、信用されないだろうし、そうなるかどうかわからなかった。

とにかく、今日は、午後九時まで、二十七人の作業員と二人のガードマンが船にいるのだ。

「まあ、大丈夫だと思うね」

と、西本はいった。

「でも、奥寺健の顔写真は、ここのガードマンに渡して、警戒させた方がいいわ」

と、早苗はいった。

「顔写真はあったかな？」

「田中刑事に借りて来たわ」

早苗が、ポケットから、二つに折ったコピー写真を見せた。

二人は、それを三崎に渡した。

「この男が、今夜、午後七時頃に、あの船に侵入する恐れがあるので、ガードマンに注意するようにいってください」

「この男は、何かするんですか？」

三崎が、当惑した顔で、きく。

「ライフルを持っていると思われるのです」

西本がいうと、三崎は、ますます困惑した眼になって、

「ライフルを持っているんですか？　なぜ、警察が許すんですか？」

「わかりました。われわれも、六時になったら来て、ガードします」

と、西本は、いわざるを得なかった。

西本は、携帯で、十津川に連絡し、事情を説明した。

「そうか」

と、十津川がいった。

「ライフルを振り廻されたら、二人のガードマンでは対抗できないか」

「無理だと思います。短い警棒しか持っていませんから。二十七人の作業員がいますが、広い船内に、バラバラになって作業をしていますから」

と、西本はいった。

「連絡口は一カ所だけなんだな？」

「そうです」

「それなら、君か北条刑事の一人でいいだろう。二人とも、拳銃は持っているな？」

「持っています」

「二人で決めて、一人は戻って来い」

と、十津川はいった。

結局、西本が、客船のガードに残ることになって、北条早苗は、戻ることにした。

一方、田中、片山、そして三田村の三人は、青年海外協力隊の隊員たちの集まる場所を、探し廻った。

隊員たちには、午後七時に、乗船のために岸壁に集合することだけが指示されていて、それまでは、自由に長崎市内を見物していいといわれていた。

ホテルRのロビーに、二十人ぐらいが集まっていると聞いて、三人の刑事は、足を向けた。

ロビー内のティールームに、十八人の男女がいた。

いずれも二十代で、紺のユニホームを着ていた。

男が、十四人、女が四人である。

「ちょっと、君たちに話がある」

と、三田村がいい、警察手帳を見せた。

「何の用ですか？」

男の一人が、怒ったような口調できいた。

「君たちの中に、仁科芳男という隊員がいる。知っていますかね？」

と、田中がきいた。

「知りませんよ。なにしろ、隊員は数が多いですからね」

と、その男はいった。

「君たちはどうなんだ?」

片山が、他の隊員たちに眼を向けた。

全員が、黙ったままだった。

「君たちにいっておくが、仁科芳男は、東京で人を一人殺しているんだ。正当防衛だという人もいるが、正当防衛だからといって、殺しは殺しだ。出頭して、裁判を受ける必要がある。君たちだって、それはわかるはずだ。それに、彼のことを知っていて、かくまえば、犯人隠匿容疑で逮捕せざるを得なくなる」

田中が、脅かすようにいった。

「眼鏡橋《めがねばし》を見に行かないか」

と、一人が、急に立ち上がると、他の隊員も、だらだらと立ち上がり、三人の刑事を無視して、ロビーを出て行った。

「待ちなさい!」

と、三田村が、一人の腕をつかんだ。

「ボクを逮捕するんですか?」

きっとした眼で、青年が睨む。

「本当に君たちは、仁科芳男を知らないのか? 君たちの仲間だろうが」

と、三田村がいった。

「知らないものは、知らないんですよ。船の中で、紹介されるんじゃありませんか」

「どうしたの？」

と、女性の隊員の一人が、戻って来た。彼女も、三人の刑事を睨んで、

「彼を捕まえる権利はないんでしょう？」

「私たちは、君たちに、協力を頼んでいるんだよ」

と、田中がいった。

「それにだ」

と、片山が付け加えた。

「これは、仁科芳男本人のためでもあるんだよ。自首すれば、間違いなく、情状酌量される。正当防衛が認められる可能性も高いんだ。しかし、国外逃亡を図れば、情状酌量は無理になってくる。正当防衛だって認められなくなる。それでは、彼本人のためにもならないんだよ」

「彼が、今、何処にいるか知っているのなら、すぐ教えたまえ。彼のためだ」

と、三田村がいった。

「申しわけありませんが、ボクは、何も知らないんですよ。これから、みんなと眼鏡橋を見に行きたいんで」

青年は、刑事の手を払いのけるようにして、娘と二人、ホテルを出て行った。

「困った連中だ」

と、三田村が呟いた。

「なぜ、仁科をかばうのかな?」

田中が舌打ちした。

「連帯感か、それともいきがってるかだろう」

と、片山がいった。

第七章　終わりの始まり

1

明るいうちから、市内の各所で、祭りが始まった。
長崎のお盆は、明るくて華やかだ。
いちばんの特徴は爆竹である。
長崎で売られている花火の大半は、爆竹なのだ。市民は、中国式の爆竹が好きなのだ。
子供たちは、路地で爆竹を鳴らして遊ぶ。路地が、その煙で、かすんでしまうほどだ。
陽が落ちても、長崎の街は暑かった。盆地なので、海に近いのに、風が吹かないのだ。
十津川たちは、指令所にしたレストランの窓際の席にいた。
窓から、民家の屋根越しに、長い岸壁の一部が見えている。
少しずつ、港に夕暮れが近づいてくる。

西本刑事は、すでに、M重工に詰めている。

十津川は、西本の携帯を呼び出した。

「異状ないか?」

「ありません。船の上では、作業員が、相変わらず、艤装作業を続けています」

「怪しい人物が、様子を見に来ている気配はないか?」

「今のところありません。ただ、船は、全長が三〇〇メートル近くありますから、私と二人のガードマンで、全部を見張るのは大変です」

「弱気になるな。がんばれよ。今、聞こえた音は何だ?」

「近くで、子供たちが爆竹を鳴らしているんです。やかましいですが、今日は、お盆なので、やめさせるわけにはいきません」

「まもなく、陽が落ちる。注意してくれ」

と、いって、十津川は、電話を切った。

今、午後六時五十分。

あと十分で、青年海外協力隊員たちの乗船が始まる。

西本は、電話のあと、拳銃を取り出して、もう一度点検した。

SS会の一人は、ライフルを持つ、銃の名手なのだ。射ち合いになることも、覚悟しておく必要があった。

突然、船尾の方で、小さな爆発音が聞こえた。

「どうしたんだ！」

と、西本は、近くにいたガードマンに向かって、怒鳴った。

「わかりません」

「見て来てくれ！」

その時、今度は船首の方で、爆発音が起きた。

西本は、もう一人のガードマンと一緒に、船首方向に岸壁を走った。

船首あたりで、チロチロと赤い炎が上がっていた。

作業員たちが、消火器を持って走り廻っている。

何が起きたのか、わからなかった。失火なのか、それとも、誰かが船を攻撃しているのか。

「あッ」

と、西本のそばにいるガードマンが叫んで、

「何だ？」

「火の玉です」

と、見上げている。

「バカなことをいうな！」

西本が怒鳴った。が、その彼の頭上を、赤い火の玉が飛び越していった。

「火炎びんだ！」

西本が叫んだ。

暗くなっていく空を、二発、三発と、火炎びんが飛んでくる。

船体の各所から、炎が噴き上がった。

もう、作業員が、小さな消火器で対応できることではなくなった。

「一一九番しろ！」

と、西本は怒鳴っていた。

その間にも、彼の頭上を、火炎びんが飛んでいく。

岸壁に犯人の姿は見えなかった。見えない場所から、犯人は投擲《とうてき》しているのだ。人間の力で、投げられる距離ではなかった。

ガス銃か何かを使っているに違いない。

西本は、拳銃を構えて、倉庫や工場の並ぶ一角に突進した。

その陰から、犯人は、ガス銃を使って、火炎びんか、火炎弾を射っているに違いないと思ったのだ。

「どん！」

という鈍い発射音がした。その一角から、空中に火炎弾が尾を引いて、飛び出すのが見えた。

その炎の尾が、一直線に船に向かっていく。

西本は、その場所に飛び込んだ。

黒い人影が、はじかれたように逃げ出す。

「動くな！　動くと射つぞ！」

拳銃を構えて、西本が叫んだ。

それでも、人影は逃げ出した。

西本は、宙に向かって一発射ち、次に、相手の足に向けて射った。

呻き声をあげて、相手が地面に倒れた。

また、起き上がる。片足を引きずっている。

「今度は、背中を射ち抜くぞ！」

と、西本は、叫びながら、近づいていった。

「手を上げろ！」

と、命じておいて、相手の足もとに落ちているガス銃を拾い上げた。

消防士などが使っているガス銃だった。鉤《かぎ》つきのロープを射出して、人命救助に役立てるガス銃である。

そのガス銃で、火炎びんを、巨船に向かって、射っていたのだ。点火されていない火炎びんが、転がっている。

西本は、男に手錠をかけた。

「SS会の人間だな?」

「早く救急車を呼んでくれ!」

と、男が叫んだ。

「確認の方が先だ。仲間は、何人いる?」

「早く病院へ連れて行け! 殺す気か!」

「救急車は呼んでやる」

西本は、携帯で救急車を呼んでから、倉庫の裏から出て、岸壁に戻った。

そこで、西本は、立ちすくんだ。

呆然とする。

眼の前の巨船が、燃えているのだ。

優雅な純白の船体。十八階建てのビルに匹敵する巨船だ。

それが、今、炎に包まれているのだ。

熱風が吹きつけてくる。

悲鳴のようなサイレンをひびかせて、消防車が駈けつけてくる。

船上で作業をしていた人たちは、無事なのだろうか。

西本の携帯が鳴る。

「どうなってるんだ！」

十津川が怒鳴っている。

「SS会の人間と思われる連中が、ガス銃を使って、船に火炎びんを、次々に射ち込んだんです。その一名を逮捕」

西本も、大声で答える。

「船に忍び込んで、そこから、仁科芳男を狙撃する気はないんだな？」

「連中は、船を炎上させて、松明《たいまつ》代わりに使う気です！」

2

長崎中の消防車とパトカーが、巨船の繋留されている岸壁に集結した。

消防車が、一斉に放水を開始した。

水上からも、消防艇が放水を始めたが、十万トンの巨体から噴き上がる炎は、簡単に消えそうもない。

「派手に燃えてるな」

と、大川原は、満足そうに笑った。

「二十四時間は燃えてますよ」

と、奥寺が応じた。

「明かりとしては、どうだ？」

「これで、こちらの岸壁を歩く人間は、浮き上がって見えますよ」

と、奥寺はいった。

大川原は、一緒について来ていた二人の男に、銃と帽子を渡した。

「お前たちは、もっともらしい場所から、この銃で、青年海外協力隊の人間を狙え。野球帽をかぶった方が、それらしく見える」

大川原がいうと、二人は、

「この銃は、長崎市内のオモチャ屋で買ったエア・ガンですよ」

「だからいいんだ。ホンモノそっくりだが、お盆にエア・ガンで遊んでたって、捕まって刑務所《むしょ》送りになんかならん。せいぜい、エア・ガンを没収されて、お説教されるぐらいだ」

「わかりました」

と、大川原は怒鳴ってから、

「わかったら、行け！」

「刑事に捕まりそうになったら、ひとまず、逃げろ。奥寺なら、逃げるはずだからな」

と、付け加えた。

二人の男が、野球帽を目深《まぶか》にかぶり、サイレンサーつきのエア・ガンを持って、夕闇の中に消えて行った。

大川原は、双眼鏡を眼にあてて、眼下の岸壁を見つめた。

対岸の炎上する巨船の真っ赤な炎を受けて、岸壁は真昼の明るさに近い。

大川原の横で、奥寺も、双眼鏡を岸壁に向けた。

「まだ、青年海外協力隊の連中は、姿を見せていませんね」

「出航は七時半だ。その時間が近くなったら、どっと現われるだろう。全員で仁科を守って、船に乗せてしまう気だ」

と、大川原はいった。

「警察も困るでしょうが、われわれも困りますよ」

と、奥寺はいった。

「仁科を狙うのは、難しいか？」

「何人もの人間で、仁科を囲んで歩いて来られると、彼一人を狙い射ちするのは、難しいですね」

「お前が持って来たライフルは、何連発だ？」

と、大川原がきいた。

「九連発ですが――」

「それなら、大丈夫だ。仁科が囲まれて岸壁を歩いて来たら、二、三発射ってやれ。足にでも命中したら、囲んでいた奴らは、クモの子を散らすように逃げ出す。それから、ゆっくり、仁科を料理すればいいだろう」

と、いって、大川原は、ニヤッと笑った。

3

十津川は、唇を噛んで、レストランの窓から、燃える巨船を見つめた。

SS会の連中が、というより奥寺が、あの十万トンの巨船にもぐり込み、こちら側の岸壁を歩く仁科を狙撃するのではないかという不安を持っていた。だから、西本を向かわせたのだが、その推測は、見事に外れてしまった。

連中は、最初から、船からの狙撃は考えていなかったのだ。

こちらの岸壁を照らす松明代わりに使う気だったに違いない。いや、目的は、もう一つあったろう。港の中で十万トンの巨船を燃やすことで、長崎市内を混乱に陥れることだ。

警察も消防も、炎上する巨船に引きつけられる。マスコミもだ。それも、連中の狙いだったに違いない。

それは、成功したといっていいだろう。

本来なら、青年海外協力隊の出発があるこちらの岸壁には、一社ぐらいは、新聞社か、地元テレビ局がいていいはずなのに、マスコミの車は一台も見えなかった。

すべてのマスコミの眼が、船火事の方に向いてしまっているのだ。

今、こちらの岸壁に注意を払っているのは、青年海外協力隊の人間と、SS会の連中、そして、十津川たちだけだろう。

「こうなると、SS会の奥寺は、こちら側の何処かから、狙撃することになる。それだけ、狙撃の場所は制限されるわけだ。これから、探しに行こう」

と、十津川は、刑事たちにいった。

西本も、こちら側に戻って来ている。

刑事たちは、レストランを出た。

「向こうは、銃の名手で、実弾入りのライフルを持っているから、用心してかかれ」

と、十津川が、いった。

全員が、自分の拳銃を取り出して、装弾されていることを確認した。一人では危険なので、二人ずつに分かれて行動することになった。

「七時二十分まで、奥寺を探し、見つけたら逮捕する。銃の不法所持だ」

と、十津川はいった。

二〇〇メートルの岸壁を、三つに分けて、いちばん奥のやまと丸に近い三分の一を、西本、北条早苗、そして三田村の三人が、担当した。

下から、斜面を上に向かって調べていく。

長崎の街特有の急斜面。

普通のしもた屋もあれば、会社の倉庫もある。史蹟もある。どの物陰も、恰好の狙撃位置になるのだ。

三人は、間隔をおいて、ジグザグに斜面を登っていった。

ふいに、三田村が、鋭く口笛を吹いた。

西本と早苗の足が、止まる。二人が、黙って三田村の方に眼を向けた。

三田村が、四角い倉庫の屋上を指さした。

プレハブの、菓子の倉庫だった。

その屋根から、黒い細い棒が、突き出していた。

二人が、目を凝らす。

棒の先端が、太くなっている。

(サイレンサーだ!)

次の瞬間、三田村が、倉庫の横に立つ電柱に飛びついて、登り始めた。

「君は、下から、援護しろ！」

と、西本は、早苗にいって、彼も電柱を登っていった。

早苗は、拳銃を構えて、倉庫の上部を凝視した。

三田村は、倉庫の屋根の庇《ひさし》に手をかけた。

右手に拳銃を握りしめたまま、左手に力を込めて、屋根の上に身体を移していく。

フラットな屋根には、エアコンの機器が二つ並んでいた。

相手は、その陰に隠れて、銃を構えている。

犯人の姿は、三田村のところからは見えなかった。

西本も、屋根に辿《たど》りついた。

三田村は、西本に向かって、ジェスチュアで、自分が行くから援護してくれと合図をし、中腰になって、スレートの屋根の上を、エアコンの機器に近づいていった。

ふいに、エアコンの陰から、銃を持った男が飛び出した。

野球帽を目深にかぶっているので、人相ははっきりしない。

三田村は、銃を見て反射的に、ぱっと伏せた。

その隙に、相手は、銃を持ったまま、屋根から身を躍らせた。

「くそ！」

と、三田村は、舌打ちをし、男を追って、屋根から飛び降りた。

西本は、屋根の上に、突っ立って、

「犯人が逃げるぞ！」

と、下にいる早苗に向かって、怒鳴った。

男は、上に向かって逃げる。

左足をかすかに、引きずっている。

「止まれ！　止まりなさい！」

と、正面から、早苗が、拳銃を構えて叫んだ。

男は必死の形相で、銃を早苗に向かって投げつけた。

早苗の横を、飛んで行った。

男の背後から追っていた三田村が、拳銃を構えて叫ぶ。

「手を上げろ！」

屋根の上からは、西本が、男に向かって、銃口を向けた。

男が、両手を上げた。

早苗が、落ちている銃を拾い上げる。

「オモチャだわ！」

「オモチャ？」

「エア・ガンよ！」

三田村は、腕を伸ばして、男の野球帽を叩き落とした。

「お前は誰だ？　奥寺は何処だ？」

「おれはエア・ガンで遊んでただけだ。それでも逮捕されるのかよォ」

と、男は開き直って、ニヤッとした。

西本も、屋根から下りてくると、いきなり、男の右手首に手錠をかけた。

「何をするんだ？」

男が怒鳴る。

西本は、手錠をつかんで、男を引きずって行くと、手錠の片方の輪を、街灯のポールにはめた。

「オモチャで遊んでいて、どうして、こんな目にあわされるんだよォ。訴えてやるぞ！」

男がわめく。

「もし、奥寺が人を殺したら、お前は殺人の共犯だ！」

と、西本が怒鳴り返した。

その間に、早苗が、十津川に携帯をかけた。

「SS会の一名逮捕。しかし、持っていたのはエア・ガンでした」

4

青年海外協力隊の若者たちは、Gホテルのロビーに集まっていた。

隊長の佐野《さの》が、指示を与えた。

「われわれは、なんとしても、仁科を船に乗せる。彼は、カンボジア援助にとって、なんとしても、必要な人間だ」

佐野が大声でいうと、全員が、一斉に拍手した。

「それで、作戦だ。なんとかして仁科を船に乗せ、公海へ出てしまえば、警察も手を出せない。やまと丸は、小さいとはいえ、一万トンはある。公海に出るまで、仁科を船内に隠し通す。長崎を出港して、五、六時間で公海に出る」

また、拍手。

「問題は、二〇〇メートルの長い岸壁を船まで歩くことだ。そこで、十五、六人でグループを作ってもらう。その中で、姿が仁科に似ている男と、黒田美加似の女を、二人に見立てて、他の人間が囲んで船まで歩いて行く。われわれは、百八十六人だから、十五人ワングループとして、十二組が出来る。その十二組が、次々に進んで行けば、警察も戸惑うだろう」

「刑事は、きっと、船の入口で待っていますよ」

と、一人がいった。

「たぶん、そうだろう。だから、入口に近づいたら、百八十六人全員で船になだれ込むんだ。あのテレビを見ろ」

佐野は、ロビーのテレビを指さした。

さっきから、延々と炎上する十万トンの巨船を映し続けている。

「あの火災で、地元の警察も消防も、あれにかかりきりのはずだ。税関の手続きは、昼間すませているから、税関の人間もいない。チェックしているのは、警視庁の刑事が、五、六人だ。百八十六人なら、押し潰せる。責任は、私が持つ」

また、拍手が生まれた。

「SS会のことは？」

と、女性隊員がきいた。

「警察よりは軽いだろう。怖がるな！」

と、佐野は声を張りあげた。

グループ作りが始まった。

仁科と美加の二人と一緒に、伊王島に行っていた仲間の八人が、最初のグループを作り、それに五人が加わって、十五人にした。

他に、十一のグループが作られた。

佐野は、その十二組に、AからLまで、順番をつけた。

「これから、A組の十五人に、先導隊として、船に行ってもらう。それで、警察とSS会の反応がわかると思う。その結果について、携帯で連絡してもらう」

と、佐野は、A組の中の北川《きたがわ》という青年に、いった。

北川に、自分の携帯の番号を教えてから、佐野は、

「もう一つ、君たちに仕事を頼む」

と、A組の十五人に、いった。

「どんなことでもやりますよ」

「船内に入ったら、仁科が隠れられる場所を、見つけておいてほしいんだ」

と、佐野はいった。

「わかりました」

「よし行け！」

佐野は、北川の肩を叩いた。

全員が揃って、Gホテルを出た。

依然として、空が赤い。巨船が燃え続けているのだ。

岸壁の近くまで来ると、まずA組の十五人が前進し、他の十一組は、その場で待機し

た。

仁科と美加に似た二人を、あとの十三人が囲んで、岸壁を先端に向かって進んで行く。

全員が、周囲に気を配りながら歩いて行った。

右手に、燃え続けている十万トンの巨船が見える。

「すげえな」

北川が、緊張を解きほぐすように、いった。が、誰も応じて来ない。緊張で、笑えないのだ。

「さあ、行くぞ。しっかり、二人を囲むんだ」

北川がいった。

十三人が、円形を作って、二〇〇メートルの岸壁を進む。異様な光景だったが、彼らはまじめだった。

警察という一つの権力に反抗することに、全員がふるい立っていた。SS会の方は、はっきりその怖さがわかっていなかった。

円形の集団が、かなりの早さで進んでいく。

岸壁の半分くらいまで進んだが、何も起きなかった。

警察に止められなかったし、ヤクザの殴り込みもなかった。

やまと丸のそばまで来た。

机が置かれ、船会社の人間と、所管の役人がいて、受付をやっていた。

今夜、乗船する青年海外協力隊百八十六人の名前を書いたリストが置かれ、それをチェックしていくのだ。

役人は笑いながら、

「妙な乗船の仕方だね」

と、のんきにいった。

「向こうへ行ってからのグループ作りの練習ですよ」

と、北川はいった。

十五人が、タラップを上がって乗船すると、

「隠れ場所を探せ！」

と、北川は、他の隊員に指示してから、甲板に出て、佐野に携帯をかけた。

「乗船しました。途中、何の支障もありませんでした。警察もSS会も、諦めて、帰ったんじゃありませんか」

「そんなことはない。君は、今、何処だ？」

「甲板にいます」

「最上階の甲板に行き、そこから、斜面を見張るんだ。何かあったら、すぐ連絡しろ」

と、佐野はいった。

北川は、携帯をつないだまま、最上階の甲板に向かって、階段を駆け上がった。息を弾ませながら、岸壁沿いの斜面を見すえた。斜面全体に、建物が、びっしりと建っている。長崎は、斜面の街なのだ。

灯りが、きらきら光っている。暗いところは倉庫で、向こうはグラバー園か。路地で、パンパンと爆竹が鳴っている。子供が遊んでいるのだ。

「B班が出発する。続いて、C、Dが行く。君は、しっかり眼を開けて、斜面を見ていてくれ。何か異状が見つかったら、すぐ、知らせるんだ！」

佐野の口調も、熱を帯びてきた。

5

田中と片山の二人の刑事は、斜面の中央部分を探していた。

うす暗いはずの岸壁が、船火事の炎で、あかあかと照らし出されている。

その明るい岸壁を、ひとかたまりの若者たちが、やまと丸に向かって歩いていった。

十津川が、携帯を通して、指示を与えてくる。

「あのグループには、仁科は入っていない。放っておけ！」

「本当にいませんか？」

「連中は、岸壁の根元のところに集まっている。十五、六人ずつ、ひとかたまりになって、やまと丸に乗り込む気らしい。私とカメさんが、双眼鏡で見ているから、大丈夫だ。最初のグループに、仁科は入っていない」

と、十津川はいった。

「それで」

と、田中がいいかけた時、片山が、

「あッ」

と、声を出した。

「どうしたんだ？」

十津川がきく。

「銃を持った人影を発見！」

と、片山が叫んだ。

その人影は、坂の上に向かって、暗がりを駈け上がって行く。

田中も片山も、それを追って走った。

爆竹を鳴らしながら、子供たちが現われた。

男は、その子供たちを突き飛ばしていく。

子供たちが、悲鳴をあげて、転倒する。

巨漢の田中は、片手で子供を抱き上げて、坂道の脇に、そっと置いた。

その間に、相棒の片山は、田中のそばをすり抜けて走る。

逃げる男が、何かにつまずいて転倒し、手にしていた銃が飛んだ。

「この野郎！」

と、叫んで、片山が、男に飛びついた。

田中が追いついた。起き上がって来た男を、太い腕で思いっ切りぶん殴った。

男の身体が、ふっ飛んだ。

片山が、素早く、落ちている銃を拾い上げた。

「M16だが、エア・ガンだ」

と、片山が、吐き捨てるようにいった。

6

グラバー園の見晴台に、この時刻、人の姿はない。

その隅に、大川原と奥寺がいた。

「二人とも、捕まったらしい」

と、大川原がいった。

「捕まりましたか」

「連絡して来なくなったからな」

「予定どおりですね」

「二番目のグループが、動き出したぞ」

大川原は、双眼鏡を眼に当てた。

奥寺は、腹這いになり、銃を構えた。

スコープを、しっかりと覗《のぞ》く。

「仁科はいないな」

「いませんね」

と、大川原はいった。

奥寺は、銃を置いた。

「おれが聞いたところでは、今日、やまと丸に乗る奴らの数は、百八十六人らしい」

「ワングループが、十五人で構成されていますね。とすると、全部で十二組ですか」

「一番、二番のグループに、仁科はいなかった。とすると、残りの十組の中に隠れているわけだ」

「こんな子供だましのやり方で、仁科を逃がせると思っているんですかね」

奥寺が、小さく笑う。

「素人は、そんなものさ」

「三番目と四番目のグループが来ましたよ」

「まるで、動く射的だな」

大川原は、双眼鏡を覗き、奥寺は、銃を構えて、スコープに眼を当てた。

「いませんね」

「いないな」

二人は、同時にいった。

「畜生！　早く出て来い！」

大川原が舌打ちした。

「これ」

と、いって、何かを、奥寺が差し出した。

暗がりの中で、大川原は受け取った。

「何だ？」

「ガムです。競技の時には、いつも、このガムを口に入れるんです。落ち着きますよ」

と、奥寺がいった。

「落ち着くか」

大川原は、ガムをむいて、口に入れた。

「ハッカの味がするな」

「眼も冴えますよ」

と、奥寺はいった。

大川原は、ガムを嚙みながら、岸壁を見つめ、その向こうに燃えている十万トンの客船を見た。

必死の消火作業が続いているのだが、火勢が衰える気配はまったくない。

「盛大に燃えてやがる」

「損害は、何百億じゃありませんか」

「どうせ、保険に入ってるさ」

「また、来ましたよ」

奥寺が、再び、銃を構えた。

大川原も、双眼鏡を覗く。

「早く来やがれ！」

7

西本と早苗の二人が、十津川のそばに戻って来た。

「三田村刑事は、引き続き、あの区域を調べていますが、奥寺はいないようです」

と、西本が、十津川にいった。

「田中たちも、SS会の一人を逮捕したが、こっちも、銃は、エア・ガンだった」

と、十津川がいった。

「すると、奥寺は、何処で、仁科を狙ってるんでしょう?」

早苗がきく。

「いちばん狙いやすい場所で、狙撃する気だろう」

「やっぱり、グラバー園の見晴台ですか」

と、亀井がいった。

「五番目、六番目のグループが、岸壁を、やまと丸に向かっています」

と、西本がいった。

十津川と亀井が、双眼鏡を向けた。

「五番目にも、六番目にも、仁科の姿はありませんね」

と、亀井がいった。

「了解」

「続いて、七番目と八番目のグループ」

と、西本がいう。

十津川が短くいって、また、双眼鏡を覗いた。

「七番目のグループの中央に、仁科と黒田美加がいます！」

と、亀井が叫んだ。

「まず、奥寺を探せ！」

「グラバー園に行きましょう！」

二人は、走り出した。

西本と早苗の二人も、走った。

8

奥寺の構える銃口の向こうに、十五人の若者がいた。

奥寺は、スコープを凝視する。輪の真ん中にいる二人の男女。

男の方は、間違いなく、似顔絵で見た仁科だった。女の方は、たぶん、彼のガールフレンドだろう。

「早くやれ！」

と、大川原が、低い声で命じた。

「二組ずつか」

「二、三人、やっつければ、あとは簡単だ」

奥寺は、黙って、スコープの中に若者を入れた。

仁科以外は、殺したくなかった。

別に、ヒューマニズムではなかった。強いていえば、ガンの名手といわれた自分の自尊心だった。

標的は、狙う。だが、的以外は、射っても仕方がない。

だから、足を狙った。

奥寺は、引金をひいた。

岸壁の上で、若者の一人が、悲鳴をあげて、うずくまった。

続いて、一発。

もう一人が、呻きながら、その場に頽《くずお》れた。

三人目は、若い女だ。

三人の足から、一斉に血が噴き出した。岸壁が、血に染まっていく。

呻き声と、悲鳴。

その中で、佐野が、仁科に向かって怒鳴った。

「お前は、早くやまと丸へ乗れ。駈けろ！」

他の若者たちは、その場にしゃがみ込んでしまっている。

かがみ込んでいた仁科が、急に立ち上がった。

「危ないから、しゃがんで！」

と、美加が叫ぶ。

「もういい！」

仁科が叫んだ。

「何が、もういいの？」

「早く走れ！」

佐野が叫ぶ。

「ボクは行くのをやめた！　友人を犠牲にしてまで、逃げたくない！」

仁科が、大声で叫んだ。

9

十津川たちは、見晴台へのコンクリートの階段を駈け上がった。

とたんに、銃声がして、十津川の顔の横を、弾丸が飛びさった。

見晴台の端に、大川原が仁王立ちになって、拳銃を構えていた。

十津川たちは、動けなくなった。

大川原は、拳銃を構えたまま、自分のうしろで、腹這いで銃を構えている奥寺に向かって怒鳴った。

「早く、仁科を殺せ！　一発で仕留めろ！」

その声は、声というよりも、呻き声に近かった。

突然、西本が突進した。

「死ね！」

大川原の拳銃が、火を噴く。

西本の身体が、もんどりうって、コンクリートの地面に叩きつけられる。

その一瞬の隙に、十津川と亀井の二人が、大川原に向かって、射った。

銃声が響き、大川原の身体が、その場に頽れた。

それを確認している余裕はなかった。

十津川と亀井は、大川原の身体を飛び越えて、奥寺に迫った。

奥寺は、コンクリートに腹這いになり、じっと、スコープを見つめ続けている。

刑事が一人射たれ、大川原が彼のそばで倒れたことも、今の奥寺には、関係なかった。

今は、最後の標的に、弾丸を命中させることだけが残されている。

（これで、百点か）

ふと、そんな考えが、奥寺の頭を横切った。

毎日、五〇メートル、一〇〇メートル先の小さな的を狙って、練習を続けていた時のことが脳裏に浮かぶ。あれに比べれば、今、眼の前にいる標的は、大きくて狙いやすい。

「くそ!」

奥寺の顔がゆがむ。

仁科という標的の前に、若い女の身体が、立ちふさがったのだ。

「どけ!」

と、奥寺が舌打ちする。

そいつは、おれの大事な標的なのだ。

奥寺の耳に、何処からか、声が聞こえてくる。

「立て!」

「やめろ! やめないと、射つぞ!」

それに、大川原の呻き声。

(うるさいな——)

奥寺は、神経を集中しようとする。

スコープの中の若い女の身体が、少し動いた。

スコープの中で、仁科の身体が、また鮮明に浮かび上がってきた。

奥寺が、ニヤッとする。

（そのまま動くなよ）

引金にかけた指に、そっと力を込める。

狙うのは、仁科の頭部だ。これで、あの若者は、確実に死ぬ。

しかし、次の瞬間、奥寺の右肩を強烈な衝撃が襲った。

まるで、焼火箸《やけひばし》が突き刺さったような激痛。銃の引金にかけた指に、力が入らない。

（畜生！　どうなってるんだ）

10

十津川が、奥寺の銃を蹴飛ばした。

音をたてて、銃が転がっていく。

「北条刑事。救急車を呼べ！」

と、亀井が叫んでいる。

「もう呼んであります！」

北条早苗も、甲高い声で叫び返す。

「カメさん。仁科を捕まえに行くよ」

と、十津川は声をかけた。

呻き声と血の匂いにあふれた現場を、北条早苗と、あとから駈けつけた三田村にまかせて、十津川は、岸壁に向かって坂道を駈け下りていった。

亀井が続く。

岸壁の上も修羅場だった。

呻き声をあげている三人の男女。必死に止血をしている仲間。

「救急車は、まだなのか！」

「早くしてくれ！」

仲間が叫んでいる。

やっと、救急車のサイレンが聞こえてきた。

十津川と亀井が、救急車と一緒に、現場に到着した。

ひとり、呆然と突っ立っている仁科。

「早く、やまと丸に乗れ！　お前のために三人も負傷してるんだ。それを無駄にするな！」

と、佐野が、まだ叫んでいる。

「行きましょう！　船に乗りましょう」

美加も叫んでいる。

「行けないよ。こんな状態で、ボク一人、船に乗れるわけがないよ」

仁科は、泣き声をあげていた。

「そうだ。君は、船に乗っちゃいけないんだ」

十津川が、そばに来て、仁科にいった。

足を射たれた男二人、女一人が、救急車に乗せられていく。

「行かないんだな?」

佐野が、確認するように、仁科にきく。

「行けません」

仁科がいった。

佐野が、肯いてから、戸惑っている他の隊員たちに向かって、

「君たちは、さっさと乗船しろ!」

と、怒鳴った。

隊員たちは、もう十五人ずつのグループも作らず、やまと丸に向かって歩いて行く。

駈け出す者もいた。

「君も行きなさい」

と、佐野は、美加に向かっていった。

彼女は、まだ、迷っている。

そんな美加に向かって、仁科が、

「行ってくれ。その方が、ボクも助かる」

と、いった。

佐野に肩を押されて、美加が歩き出した。が、すぐ、立ち止まって、

「あとから、カンボジアに来るわね？」

「ああ、行くよ」

と、仁科はいった。

美加が、佐野と一緒に、船に向かって歩き出した。十津川は、仁科に向かって、

「さあ、行こうか」

と、声をかけた。

「長崎署ですか？」

「いや。船を見送るのに、いちばんいい場所に行くんだよ」

と、十津川はいった。

彼が、仁科を連れて行ったのは、あのグラバー園の見晴台だった。

十津川は、そのいちばん端へ、仁科を連れて行った。

そこからは、岸壁の端、やまと丸がとまっているところまでが見えた。

すでに、七時三十分になっていたが、まだ、やまと丸は出航していなかった。

「これで見たらいい」

と、十津川は、仁科に双眼鏡を渡した。

やまと丸は、船窓のすべてに、灯りがついていた。

北条早苗が、見晴台に登って来て、十津川に報告した。

「やまと丸の出航は、二十分、おくれるそうです」

「そうか」

とだけ、十津川はいい、じっと、やまと丸に眼を向けていた。

甲板に、隊員たちが出ているのがわかった。もちろん、一人一人の表情など、見分けはつきはしないし、彼らの言葉も、聞こえてこなかった。

彼らが、甲板へ出て、何を見ているのかもわからない。

見おさめとなる長崎を見ているのかもしれない。

それとも、仁科を探しているのだろうか。

「手を振っても、向こうからは見えないかな？」

と、十津川が呟いた。

「これから、ボクは、どうなるんですか？」

と、仁科は、手すりにもたれて、十津川にきいた。

「起訴され、裁判になる」

「裁判は、長くかかるんでしょうね？」

「君の場合は早くすむと思う。簡単な事件だからな。君が、犯行を否認すれば、別だがね」

「否認はしません。相手を刺したことは事実ですから」

と、仁科はいった。

「それなら、裁判は早く結審するだろう。早ければ、数カ月で判決が下る」

と、十津川はいった。

「それで、どうなるんですか？」

仁科がきいた。眼は、相変わらず、やまと丸に向けられていた。

早苗も、並んで、手すりにもたれた。

「あなたは、ケンカに巻き込まれたんだから、うまくいけば、懲役一年、執行猶予三年ぐらいで、結着するかもしれないわ」

と、いった。

「それでも、ボクには前科がつくんでしょう？」

「そりゃあ、仕方がない」

十津川がいった。

「それじゃあ、ボクは、もう、青年海外協力隊に入れませんよ。美加とも一緒に働けな

「さあ、やまと丸に向かって、盛大に打ち上げようじゃありませんか」
「仁科クンが上げていると、気づいてくれるでしょうか?」
と、早苗がいった。
「そんな細かいことは気にしなさんな。盛大に、やまと丸の出航を祝って花火を打ち上げれば、いいんだ」
「カメさんのいうとおりだ」
と、十津川もいった。
二人が、ライターを取り出し、五本の花火に点火した。
ひゅるー
ひゅるー
ひゅるー
ひゅるー
ひゅるー
夜空に向かって、五本の閃光が飛んでいく。
そして、爆発する。

「どんどん、上げよう！」

亀井が、次から次へと、みんなに花火を渡し、火をつける。

その度に、勢いよく、夜空に打ち上げ花火が飛んでいく。

何本花火を上げたろうか。

「おい、向こうで、気がついたらしいぞ！」

と、十津川が声をあげた。

やまと丸の甲板で、いくつもの懐中電灯が、振られ始めたのだ。

それは、明らかに、こちらに向かって、振られていた。

「あの灯りの一つは、彼女かもしれないぞ。君も、手を振ってやれ」

と、十津川は、仁科に向かって、いった。

「ボクが手を振っても、向こうからは見えませんよ」

「誰か、懐中電灯を持ってないか？」

十津川がいった。

早苗が、小型の懐中電灯を、仁科に向かって差し出した。

仁科が、それを持って、ぎこちなく振り始めた。

ふいに、汽笛が鳴った。

一万トンのやまと丸は、タグボートに曳《ひ》かれて、ゆっくりと動き出した。

甲板では何本もの懐中電灯が、振られ続けている。

また、汽笛がひびいた。

ゆっくりとだが、確実に、やまと丸の船体は遠ざかり、やがて、見えなくなった。

「行こうか」

と、十津川は、仁科に向かって、いった。

＊

十万トンの客船の火災は、朝になって、やっと鎮火した。

長崎の夜の一時間で、何人もの負傷者が出た。

ＳＳ会　大川原　一カ月の重傷
　　　　奥寺　一カ月の重傷
　　　　他一名　二カ月の重傷

警視庁　西本刑事　二カ月の重傷

青年海外協力隊

三名　足を射たれて二カ月の重傷

一人も死者が出なかったのが、せめてもの幸運だったといっていい。

やまと丸の甲板で、懐中電灯を振っていた隊員の中に、黒田美加がいたかどうか。いたとして、仁科に向かって、振っていたのかどうか、まだ、わからなかった。

二〇〇三年四月　カッパ・ノベルス(光文社)刊
二〇〇六年五月　光文社文庫刊
本作品には実在する地名、団体等が登場しますが、ストーリーはすべてフィクションであり一切関係はありません。
DTP制作　ジェイ エスキューブ

文春文庫

新《しん》・寝台特急《ブルートレイン》殺人《さつじん》事件《じけん》

定価はカバーに表示してあります

2013年6月10日　第1刷

著　者　西村京太郎《にしむらきようたろう》
発行者　羽鳥好之
発行所　株式会社 文藝春秋

東京都千代田区紀尾井町 3-23　〒102-8008
TEL 03・3265・1211
文藝春秋ホームページ　http://www.bunshun.co.jp

落丁、乱丁本は、お手数ですが小社製作部宛お送り下さい。送料小社負担でお取替致します。

印刷・凸版印刷　製本・加藤製本　Printed in Japan
ISBN978-4-16-745443-2

好評受付け中

西村京太郎ファンクラブ

会員特典（年会費2200円）

◆オリジナル会員証の発行
◆西村京太郎記念館の入館料半額
◆年2回の会報誌の発行（4月・10月発行、情報満載です）
◆抽選・各種イベントへの参加（先生との楽しい企画考案中です）
◆新刊・記念館展示物変更等のハガキでのお知らせ（不定期）
◆他、追加予定!!

入会のご案内

■郵便局に備え付けの郵便振替払込金受領証にて、記入方法を参考にして年会費2200円を振込んで下さい■受領証は保管して下さい■会員の登録には振込みから約1ヶ月ほどかかります■特典等の発送は会員登録完了後になります

［記入方法］1枚目は下記のとおりに口座番号、金額、加入者名を記入し、そして、払込人住所氏名欄に、ご自分の郵便番号・住所・氏名・電話番号を記入して下さい

郵便振替払込金受領証（窓口払込専用）

口座番号	百十万千百十番	金額（千百十万千百十円）
00		
00230-8-	17343	2200

加入者名	料金（消費税込み）	特殊取扱
西村京太郎事務局		

2枚目は払込取扱票の通信欄に下記のように記入して下さい

通信欄
(1)氏名（フリガナ）
(2)郵便番号（7ケタ）※必ず7桁でご記入下さい
(3)住所（フリガナ）※必ず都道府県名からご記入下さい
(4)生年月日（19XX年XX月XX日）
(5)年齢　(6)性別　(7)電話番号

■お問い合わせ
（西村京太郎記念館事務局）
TEL0465-63-1599

※なお、申し込みは郵便振替払込金受領証のみとします。メール・電話での受付は一切致しません。

（　）内は解説者。品切の節はご容赦下さい。

西村京太郎
祭りの果て、郡上八幡《ぐじょうはちまん》
ダムの底から発見された男女の死体。女はミス・郡上八幡。男は警視総監の息子だった。しかも彼の衣服からは覚醒剤が……。真相を追う十津川と、警視庁上層部の確執を描くサスペンス。

に-3-25

西村京太郎
パリ発殺人列車　十津川警部の逆転
フランスに出張した十津川はTGVの中で日本女性が射殺される事件に遭遇。さらにパリで、日本で、謎の連続殺人が起こる。日仏を舞台に十津川警部が大活躍するシリーズ異色の傑作。

に-3-27

西村京太郎
祭ジャック・京都祇園祭
「祇園祭を爆破する」――十津川警部に届いた手紙は罠だった。京都に向かった警部の周辺で次々に犯行が起き、警部は共犯容疑で府警に逮捕される。絶体絶命の窮地に立たされた警部は？

に-3-28

西村京太郎
鎌倉・流鏑馬神事《やぶさめしんじ》の殺人
連続殺人の現場に残された「陰陽」の文字。容疑者には鉄壁のアリバイがある。そして鎌倉八幡の流鏑馬神事で弓矢の標的となったのは？　十津川警部「祭り」シリーズ第四弾。

に-3-30

西村京太郎
紀勢本線殺人事件
新宮で女性が殺された。額にはナイフで×印が刻まれていた。同様の殺人が東京、串本でも……。被害者のイニシアルは全員「Y・H」。残忍な連続殺人を追って、十津川警部は南紀へ。

に-3-31

西村京太郎
青森ねぶた殺人事件
ねぶた祭りの大太鼓から、美人ホステスの死体が。青森県警が逮捕した容疑者に、十津川警部は首を傾げる。公判の審理も難航。そして祭りの当日、十津川の目の前で新たな惨劇が起きる。

に-3-32

西村京太郎
十津川警部の抵抗
「一カ月以内に、殺人犯の無実を証明してほしい」。奇妙な依頼が発端となって、恐るべき連続殺人が起こる。有力者の関与が疑われ、十津川の捜査には様々な圧力がかかる。真犯人は誰か？

に-3-33

（　）内は解説者。品切の節はご容赦下さい。

西村京太郎
十津川警部、海峡をわたる
春香伝《しゅんこうでん》物語

祭りで若い女性をナイフで殺害し続ける「蒼き狩人」とは何者なのか。捜査本部に届いた謎の手紙。差出人の無期懲役囚と対面した十津川は、韓国を目指す。「祭り」シリーズ第六弾！（郷原　宏）

に-3-34

西村京太郎
十津川警部、沈黙の壁に挑む

殺人事件の容疑者はろうあの老女。筆談にも手話にも答えようとしない彼女の意図とは。十津川警部の必死の捜査が始まる。ろうあ者と健聴者の溝を描く感動のミステリー。（松島謙司）

に-3-35

西村京太郎
遠野伝説殺人事件

早池峰山、カッパ淵、曲り家、遠野市を散策する花盗人はなぜ殺されたのか。岩手—東京—軽井沢。新薬開発をめぐる謎のルートに十津川警部が迫る。医学の闇に挑む長篇ミステリー。

に-3-36

西村京太郎
十津川警部の決断

満員の都営三田線車内で殺された26歳のOL。凶器は千枚通し、目撃者はゼロ。犯人は十津川警部を名指しして挑戦状を送りつける。ミスを挽回すべく辞表を預けて出た十津川の賭けとは。

に-3-37

西村京太郎
奇祭の果て
鍋かむり祭の殺人

人気女優、美人クラブママ、結婚式を翌日に控えたOLの死に顔に残された不可解なメッセージ。六本木—赤坂—目黒—米原。十津川警部がたどる点と線の先に現れた恐るべき奇祭とは何か。

に-3-38

西村京太郎
十津川警部　ロマンの死、銀山温泉

サラ金強盗、幼児誘拐、痴漢恐喝etc.二百万円と強奪金額を決めた謎の連続事件の影に、山形の銀山温泉にロマンを求める若い男女のグループが。十津川警部は背後の巨悪を暴けるか。

に-3-39

西村京太郎
妖異川中島

上杉謙信と武田信玄、川中島の戦いは本当はどちらが勝者なのか？　それぞれの信奉するライバル社長同志が雌雄を決しようとする時、連続殺人の幕が開く。十津川警部、戦国の闇に挑む！

に-3-40

「―――」

「まあいい。少し考えてみたらいい」

と、十津川がいった時、亀井が、息を切らして登ってきた。

「間に合いましたね」

と、亀井がいう。

「どうしたんだ？　カメさん」

と、十津川がきく。

「たぶん、ここで、やまと丸を見送っているだろうと思っていたんです」

「そうなんだが、この時間じゃ、ここで、いくら手を振っても、向こうは気づいてくれないと思って、口惜しいんだが」

十津川がいうと、亀井は、ニヤッとして、

「そう思って、これを買い込んで来たんですよ」

と、亀井は、大きな紙袋を、どさっと下においた。

「何だい？　これは」

「打ち上げ花火ですよ。長崎という所は、爆竹はいくらでも売ってるんですが、打ち上げ花火を売ってる店が少なくて、苦労しましたよ」

亀井は、袋から何本もの打ち上げ花火を取り出して、全員に配った。

くなってしまう」

仁科が、溜息をついた。

「君は、どうしようもないバカだな」

と、十津川が、激しい口調で叱りつけた。

「でも、ボクは、もう青年海外協力隊に入れませんよ」

「君は、そういうグループに入らないと、何もできない人間なのか。何か、大きなバックに頼らないと、何もできない意気地なしなのか！」

と、十津川はいった。

「――――」

仁科は、黙って、十津川を睨んでいる。

「カンボジアへ行きたいのなら、金をためて、ひとりで行けばいいじゃないか。相手は、君を信用しないかもしれない。青年海外協力隊というお墨付きのない、ただの個人だからな。しかし、それならそれでいいじゃないか。君が、本当にカンボジアが好きで、カンボジアの人たちの役に立ちたいのなら、ひとりで、彼らのふところに飛び込んでいけばいいんだ。彼らのために、水汲みをして、土運びをして、荷物を持ってやってもいい。そうしていけば、君は、カンボジア人に信頼されるはずだ。その方が、日の丸を背負っていくより、本当に、カンボジアの人たちと、仲良くなれるんじゃないのかね」

（　）内は解説者。品切の節はご容赦下さい。

西澤保彦
神のロジック 人間《ひと》のマジック
ここはどこ？ 誰が、なぜ？ 世界中から集められ、謎の〈学校〉に幽閉されたぼくたちは、真相をもとめて立ちあがった。驚愕と感動！ 世界を震撼させた傑作ミステリー。（諸岡卓真）
に-13-2

楡　周平
無限連鎖
全米各地で再び同時多発テロが起きた直後、今度はセレベス海で日本のタンカーが乗っ取られる。爆薬を積んだ船は東京湾へ。刻一刻と近づく危機に、日米首脳の決断は——。（郷原　宏）
に-14-1

楡　周平
骨の記憶
東北の没落した旧家で、末期癌の夫に尽くす妻。ある日そこに51年前に失踪した父親の頭蓋骨が宅配便で届いて——。高度成長期の昭和を舞台に描かれる、成功と喪失の物語。（新保博久）
に-14-2

二階堂黎人《れいと》
猪苗代マジック
猪苗代の高級スキー・リゾートで十年前と同じ手口の連続殺人が発生。だが、十年前の犯人はすでに死刑になっていた。狡猾な模倣犯と名探偵・水乃サトルの息詰まる頭脳戦！（羽住典子）
に-16-1

貫井徳郎
神のふたつの貌《かお》
牧師の息子に生まれた少年の無垢な魂は、一途に神の存在を求めた。だが、それは恐ろしい悲劇をもたらすことに……。三幕の殺人劇の果てに明かされる驚くべき真相とは？（鷹城　宏）
ぬ-1-1

貫井徳郎
追憶のかけら
失意の只中にある松嶋は、物故作家の未発表手記を入手するが、彼の行く手には得体の知れない悪意が横たわっていた。二転三転する物語の結末は？ 著者渾身の傑作巨篇。（池上冬樹）
ぬ-1-2

貫井徳郎
夜想
事故で妻子を亡くした雪籐が出会った女性・遙。彼女は、人の心に安らぎを与える能力を持っていた。名作『慟哭』の著者が、「新興宗教」というテーマに再び挑む傑作長篇。（北上次郎）
ぬ-1-3

（　）内は解説者。品切の節はご容赦下さい。

貫井徳郎
空白の叫び（上中下）
外界へ違和感を抱く少年達の心の叫びは、どこへ向かうのか。殺人を犯した中学生たちの姿を描き、少年犯罪に正面から取り組んだ、驚愕と衝撃のミステリー巨篇。（羽住典子・友清　哲）
ぬ-1-4

乃南アサ
暗鬼
嫁いだ先は大家族。温かい人々に囲まれ何不自由ない生活が始まったが……。一見理想的な家に潜む奇妙な謎に主人公が気付いた時、呪われた血の絆が闇に浮かび上がる。（中村うさぎ）
の-7-3

乃南アサ
軀（からだ）
お臍の整形を娘にせがまれた母親。女性の膝に興奮するサラリーマン。「アヒルのようなお尻」と言われた女子高生――。日常が一瞬で非日常に激変する「怖さ」を描く新感覚ホラー。

の-7-4

乃南アサ
水の中のふたつの月
偶然再会したかつての仲良し三人組。過去の記憶がよみがえるとき、あの夏の日に封印された暗い秘密と、心の奥の醜さが姿をあらわす。人間の弱さと脆さを描く心理サスペンス・ホラー。

の-7-5

花村萬月
象の墓場　王国記Ⅶ
八ヶ岳山麓に拠点を移し、いよいよ神の「王国」は動きだした。だが朧は、不可思議な力を発揮し王国の住人の尊崇を集める息子・太郎をみて、自分が真の王ではないことを悟るのだった。

は-19-10

花村萬月
月の光（ルナティック）
改造バイクで暴走する物書きのジョーは、麻薬漬けの知人を救出するため、絶世の美女にして空手の有段者・律子と、狂信者集団に潜入する。性と麻薬と宗教を描いたハードボイルド長篇。

は-19-4

間　羊太郎
ミステリ百科事典
眼、首、時計、人形、手紙…等々、ミステリ小説で好んで用いられるモチーフ、トリックを、古今東西の名作、奇作から映画、落語に至るまで渉猟、解説した名著。待望の復刊。（新保博久）
は-31-1

（　）内は解説者。品切の節はご容赦下さい。

濱 嘉之
警視庁公安部・青山望　完全黙秘
財務大臣が刺殺された。犯人は完黙し身元不明のまま。捜査する青山望は政治家と暴力団・芸能界の闇に突き当たる。元公安マンが圧倒的なリアリティで描くインテリジェンス警察小説。
は-41-1

樋口有介
魔女
就職浪人の広也は二年前に別れた恋人・千秋の死を知る。彼女は中世の魔女狩りのように生きながら焼かれた。事件を探る内に見えてきた千秋の正体とは。長篇ミステリー。（香山二三郎）
ひ-7-3

樋口有介
枯葉色グッドバイ
ホームレスの元刑事、椎葉は後輩のモテない女刑事に日当二千円で雇われ、一家惨殺事件の推理に乗り出すが――。青春ミステリーの名手が清冽な筆致で描く、人生の秋の物語。（池上冬樹）
ひ-7-4

樋口有介
ぼくと、ぼくらの夏
同級生の女の子が死んだ。夏休みなんて、泳いだり恋をしたりするものだと思っていたのに……。サントリーミステリー大賞読者賞受賞、開高健も絶賛した青春ミステリー。（大矢博子）
ひ-7-5

東野圭吾
秘密
妻と娘を乗せたバスが崖から転落。妻の葬儀の夜、意識を取り戻した娘の体に宿っていたのは、死んだ筈の妻だった。推理作家協会賞受賞の話題作、ついに文庫化。（広末涼子・皆川博子）
ひ-13-1

東野圭吾
レイクサイド
中学受験合宿のため湖畔の別荘に集った四組の家族。夫の愛人が殺され妻が犯行を告白、死体を湖に沈め事件を葬り去ろうとするが……。人間の狂気を描いた傑作ミステリー。（千街晶之）
ひ-13-5

東野圭吾
容疑者Xの献身
直木賞受賞作にして、大人気ガリレオシリーズ初の長篇、映画化でも話題を呼んだ傑作。天才数学者石神の隣人、靖子への純愛と、石神の友人である天才物理学者湯川との息詰まる対決。
ひ-13-7